義妹生活 7

三河ごーすと

illust Hiten

Happy Valentine!!

『わお。このホテルだったの？ なんて偶然。 時間ある？
もうちょっと話さない？』
振り返ると、ペットボトルを片手に微笑んでいる女性がいた。
メリッサだった。

『ええと……』
彼女の抱えている籠には飲み物やらポテチやらが山ほど放り込んであった。
Melissa
メリッサ

異国にて君を待つ

海外についての兄妹の会話

修学旅行ではシンガポールに
行くことになったけど、
浅村くんは他に行きたい国はある？

飛行機じゃなくても
行ける国かな…

や、ないでしょ。飛行機に
乗りたくないっていうのは一旦忘れて

うーん、
アメリカかなぁ

どうして？

ニューヨークとかロサンゼルスとか文化の最先端って感じがする

いいね。やっぱりハリウッドサインは見ておきたい？

一度は生で見てみたいね。周囲の風景も含めてロマンがあるっていうか

へえ、浅村くん、そういうのにくすぐられるんだ。なるほどね

綾瀬さんの行きたい国は？

ドイツ、フランス、エジプト、ペルー、それから…

たくさんあるんだね

古いお城や古代文明の遺跡が見たくて

あー、そういうの好きだもんね。綾瀬さん

いろいろな国を飛び回って、いろいろな文化遺産を見たいなって思う

綾瀬さんの海外旅行についていくためにも、飛行機を克服しないとなぁ…

無理しないでいいよ？

え？

私の趣味は私の趣味。
浅村くんを無理に付き合わせるのは、違うでしょ

なるほど…たしかに。綾瀬さんの行動を縛る気はさらさらないし、
必ずしも一緒に旅行しなくてもいいわけか

そういうこと。
私たちは、私たちらしく旅行と向き合えばいい

そうだね

でも…

ん？

国内とか、一緒に行きやすい旅行も、
たくさん計画していきたいな

……うん。
そうしよう

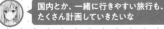

義妹生活 7

三河ごーすと

MF文庫J

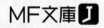

Contents

Days with my Step Sister

7

〔口絵・本文イラスト〕Hiten

たとえ一億人の中に分かり合える相手がいなくても、七十七億人の中にはきっといる。

●プロローグ　浅村悠太《あさむらゆうた》

立ち込めていた濃い霧がようやく消えた2月12日、金曜日の朝。

かじかむ手で下駄箱《げたばこ》を開け、上履きへと履き替えたところで声を掛けられた。

「おはよう、浅村」

振り返ると、友人の丸《まる》がにやりと謎の笑みを浮かべる。

「丸、おはよう。今日は朝練ないの？」

「霧のせいで屋内練習になって早上がりだ。しかし、さすがにおまえは躊躇《ちゅうちょ》がないな」

「えっ」

何を言われているのかさっぱりわからず、俺は間抜けな声を漏らした。

「どういう意味？」

「いつもどおりに何も気にせず下駄箱を開けたな、と思ってな」

「そりゃ、開けるでしょ」

「いつもならな。だが……ほれ」

丸が視線を送った先に居るのは、隣のクラスの男子だった。彼は下駄箱を開ける直前に一瞬だけ躊躇《ためら》うようなそぶりを見せる。開けて、わずかに溜息《ためいき》をついたのを俺は見逃さなかった。

「今年の2月14日は日曜日になるだろう？」

「あー、なるほど」

2月の14日がイベントデーであることはもちろんわかっている。

バレンタイン・デーだ。

キリスト教圏では大切な人に贈り物をする日として知られているらしくて、それが日本にも輸入された。その際に、どういうわけか女性から男性へとチョコを贈る日、のように定義されてしまったらしい。昨今ではそのあたりはゆるくなっていて（というか原点回帰してだろうか）、日本でも男女や恋愛関係を問わず、ただ親しい人に贈りものをする日、といった認識になっているとかいないとか。

そして日曜日が休校日である以上、バレンタインのチョコを渡すなら、金曜日か月曜日のどちらかになるだろう。

「バレンタインのチョコが下駄箱に差し入れされているかもしれないから、開けるときに気にするはずだってことだね。で、俺は気にせず開けたから……」

「そういうことだな」

「でもさ、ほんとにあるのかな？　下駄箱にチョコとか」

少なくとも俺は人生の中で下駄箱からチョコを発見した記憶はないし、周りにそういう話があったと耳にしたこともない。現実はフィクションではなくて、衛生概念の発達した現代では食品を贈るなら、どう考えても下駄箱《げたばこ》に放り込むのは不向きだろう。高校生男子の下駄箱の衛生事情なんて最悪なんだし。手紙を入れるとかならアリかもしれないが。

「確かにそのとおりだが、浅村《あさむら》、衛生概念からバレンタインのリアルを考えるっていう、おまえのその思考もあまり一般的ではないからな？」

「そう……かな」

「ふつうは頭ではわかっていても一縷《いちる》の望みを抱いてしまうものだ。自分のことを好きでいてくれる女子のひとりは居るに違いない、いや居るはずだ、と思ってもおかしくない」

「おかしいでしょ、それ」

「おかしいのが高校生男子だからな。ゆえにおかしくはない」

「詭弁《きべん》だなぁ」

そんな話をしながら教室へと辿《たど》りついたからか、俺はなんとなく周りを見回してしまう。

いつもとちがう空気があるのかどうか。

結論として言えば、水星《すいせい》高校が進学校だからだろうか、浮ついた空気は控えめで、露骨にバレンタインの話をしている生徒は少なかった。

ただ、その日を通してみれば、昼休みに女子同士で友チョコを渡していたり、女子の友人が多いタイプの男子はチョコをもらったりしている光景はあった。

逆に、クラス内で付き合っていることがわりと有名な男女は意外と教室内でチョコを渡し合っていないことに気づく。

どうしてだろう？

放課後を知らせるチャイムが鳴ったところで、前の席に座っている丸《まる》が振り返った。

「どうした、浅村。今日はずっと妙な顔をしていたぞ」

「妙な顔……前の席に座っている奴《やつ》にそこまで言われるって、俺、どんな顔してたんだ」

「哲学者の顔だ」

俺はソクラテスでもプラトンでも、ニーチェでもサルトルでもないんだが。

あと、そんなに悩んでいたわけでもない。

「大層なことを考えてたわけじゃないんだけど。朝、バレンタインの話をしたからさ」

「チョコをもらえなかったことで拗《す》ねるような性格には見えん」

「そこは気にしてない。ただ、公認のカップルみたいな人たちでも、みんなの前で堂々とチョコを渡したりしないんだなって思って」

俺の言葉に丸が呆《あき》れた顔になる。

「浅村よ。その発言からは付き合ってるカップルは人前でいちゃいちゃするものだという深層心理が見え隠れしているが自覚してるか？」

「そんなことは――」

ない、と言いかけて、俺の脳裏に親父《おやじ》と亜季子《あきこ》さんの顔が浮かんだ。

そうだな。俺が直近で良く見ている恋愛者《モノ》と言えば、あのふたりなわけで。

「おいおい。浅村《あさむら》、おまえの知っている恋人同士は隙あらば人前でハグとかキスしているようなふたりなのか？」

「──ある、かも」

「あからさまに見たことはないけど。してても俺は驚かない、かな」

親父《おやじ》と亜季子《あきこ》さんがデート中に堂々と街中でキスをしているかどうかは知らないが、腕を組んで歩くくらいはしていても不思議とは思わない──息子としては両親のそういった生々しい場面はあまり想像したくはないんだが。

「外国映画の見過ぎじゃないか。そもそも高校生の男女など、一緒に肩を並べて歩いているだけで囃《はや》し立《た》てられるもんだ。あからさまなスキンシップは恥ずかしがるのがふつうだろうよ」

「恥ずかしい……ああ、そうか」

自分と綾瀬《あやせ》さんがそうしないのも、恥ずかしいから、なのかな。

そうな気もするし、ちがう気もする。

俺はふと、正月の、親父の実家での出来事を思いだした。

祖父に対して自らの意思表示をした後、部屋に戻って布団に入ったところに綾瀬さんが背中に触れながら「ありがとう、悠太《ゆうた》くん」と声を掛けてきた。

綾瀬さんが妹になったことになんの不満もない。そう、祖父に大見得《おおみえ》を切ったのを聴かれていたと知って、照れくさいと思いつつ、自分の素直な想《おも》いが伝わって嬉《うれ》しくもあった。親戚の誰かに見つかる恐れもあったし、大広間に行った親父たちが戻ってくる可能性もあった。それなのに布団のすぐそばまで近寄ってきて、触れ合おうとした綾瀬さんの行動に、伝えてきてくれた言葉に、愛《いと》しさのようなものを感じて。

結局、あのときは綾瀬さんもそれ以上は何も言わずに、すっと自分の布団に戻っていってしまったけれど、ドキドキと胸が高鳴りつづけて眠るのが大変だった。

誰かに見られてしまうかもしれないにも拘《かか》わらず、極めて近い距離で互いに触れ合った。

綾瀬さんはどうしてあんなリスキーなことをしたんだろうかと考える。彼女らしくないという思いと、だけど堂々と触れ合うことの嬉しさを同時に感じていた。

深層心理。丸《まる》に言われた言葉を胸のうちでこねくり回す。心の奥底では、俺は、人前であろうと遠慮なくスキンシップしたいと思っているのだろうか。そして、表面上はそれを恥ずかしいと思っているのだろうか。

「浅村、お呼びだぞ」

丸に言われて俺は顔を上げる。

廊下から教室を覗《のぞ》き込《こ》むようにひょっこり顔を出した女子がいた。

綾瀬さんの友人、隣のクラスの奈良坂真綾《ならさかまあや》さんだ。ちょいちょいと手招きをされたので、俺は部活へ行く丸《まる》と別れて廊下に出た。

「奈良坂《ならさか》さん、俺に何か用？」

「こっち来て」

俺は、フロアーの端っこ、人気《ひとけ》のない階段下の倉庫前に連れて行かれる。

そこに待っていたのは綾瀬《あやせ》さんだった。

「真綾《まあや》が、昨日から一緒に学校で浅村《あさむら》くんに渡そうってうるさいから」

「渡そう……って？」

連れてきた奈良坂さんが俺に向かってにこっと笑った。

「だって、学校で独りで渡して妹ちゃんに嫉妬されたくないでしょ？　はい、これ！」

後ろ手にもっていた包みを手渡されて、俺はようやくこんなところまで連れてこられた理由を悟った。

「バレンタインプレゼントだよ～」

「私もこれ。まあ、たいしたものじゃないけど」

綾瀬さんからも包みを受け取る。

家で渡さずにわざわざ学校で？　と思わないでもなかったが、奈良坂さんにああ言われては断り切れなかったということなのだろう。

「ええと……、ありがとう」

こういう贈り物ってその場で開けるべきか否かいつも迷うけど、リアクションを返したほうが喜ばれる場合もある。だからいちおう確認をする。

「開けてみても？」

「いいよ～。だいじょうぶ、愛のお手紙とか入ってないから」

奈良坂さんがうなずきながら言ったけれど、そりゃそうだろう。

「じゃあ、奈良坂さんのほうから」

奈良坂さんから贈られたのはバレンタイン用と思《おぼ》しきパッケージの市販チョコだった。甘さ控えめで、わざわざパッケージに「義理」と大書きされていた。

「誤解の余地のない立派な義理チョコだよ～」

「ありがとう。あますところなく義理が表現されていてちゃんと誤解なく受け取れるよ」

「でしょ。私、えらい！」

つづいて綾瀬さんの包みを開ける。

箱が市販のものではないところですでに見当はついていた。気合の入ったしっかりと手作りのチョコだった。正確に言えばトリュフチョコレートだからチョコ菓子と呼ぶべきかもしれない。表面に茶色いフレークみたいなものをまぶしてあった。

「わざわざ作ってくれたんだ」

「すごーい。沙季《さき》ってば、これ手間かかってるでしょ～。フィヤンティーヌも手作り？」

「まさか。この状態で売っているのを振り掛けただけ」

「ほえ～」

「ふぃ……なんだって？」

「フィヤンティーヌ。この丸いチョコに振り掛かってるやつ。商標名だと色々あるけど。クレープの生地をうす～くのばしてから焼いて、細か～く砕くの」

「なるほど。これ、堅焼き煎餅《せんべい》を砕いたようなもんなのか」

「う、うん……。そうだけど。そう言われるとバレンタインのロマンチックが一気におばあちゃんの渋茶菓子に塗り替えられちゃうからやめて。きれいにできてるね～」

「ひょっとして、昨日の夜中にキッチンに明かりが点《つ》いてたのはこれ？」

「ま、まあ。兄妹《きょうだい》でもこれくらいするでしょ」

そう綾瀬《あやせ》さんは言ったけれど、俺にはそれが本当かどうか判断しかねた。そもそも手作りチョコなんてもらったのは初めてで、どういう感情から作るのがふつうなのかもわからない。

それに奈良坂《ならさか》さんの反応を見るかぎりは結構な手間が掛かってるようだ。

「こんなの大したことないから」

言いながら、照れたようにそっぽを向いた綾瀬さんを横目で窺《うかが》いながら、奈良坂さんが囁《ささや》くように俺に向かって言う。

「やるね、浅村《あさむら》くん。もしかして案外オラオラ肉食系だったり？」

「いや何を言っているのかさっぱり」

どうして凝ったチョコをプレゼントされると肉食系男子にされてしまうのか。奈良坂さんの思考はよくわからない。

「なんの話？」

「沙季《さき》は頑張り屋さんだよねって話。まあ、浅村くんみたいなお兄ちゃんがいると、妹も頑張っちゃうのかな～って」

「別に浅村くんだからってわけじゃ……」

「そ～かな～。ま、いいか。ん。じゃ、ミッション達成ってことで！ もう用はないから帰っていいよ、お兄ちゃん！」

「はいはい」

「じゃあ、浅村くん、また」

言いながら背を向けてさっさと立ち去るのが綾瀬さんらしかった。残った奈良坂さんが去り際にいちど戻ってくる。

「もうすぐ修学旅行だね」

奈良坂さんの発言の意図がわからなかった俺は軽く頷《うなず》きだけを返した。

「一緒に回れるように協力するね！」

「え。一緒?」

「沙季《さき》と離れ離れは寂しいでしょ」

「い、いや、おかまいなく」

「遠慮しないで〜。かわいい妹と一緒に旅行なんて初めてでしょ」

一緒に旅行は親父《おやじ》の実家への里帰りで実現済みなんだけど、それを話し出すと、綾瀬《あやせ》さんとの間にあった余計なあれこれまで言ってしまいそうだ。にやにやと笑みを浮かべながら言われ、ひょっとして奈良坂《ならさか》さん、俺と綾瀬さんの関係が変化していることに気づいているんだろうかと心配になってくる。

なんとかすっとぼけたつもりだけれど、ふたりが去った後、俺は冬なのに汗をかきまくっていて、自分がかなり焦っていたことを自覚した。と同時に、その奈良坂さんのいじりに対し、嫌ではなくて、ある種の嬉《うれ》しさというか、むず痒《がゆ》さを感じていた。

ということは、恥ずかしさよりも嬉しさのほうが勝っているわけで、だとしたら、俺が綾瀬さんとのスキンシップを抑えている理由はいったい何なのだろう?

階段下から立ち去る前に箱の中のトリュフチョコをひとつだけ口に入れてみた。

表面に振り掛かっていたフィヤンティーヌのぱりっとした食感の後、口のなかでチョコがゆっくりと溶けていく。

甘みが舌の上で広がっていった。

●2月14日（日曜日）　浅村悠太《あさむらゆうた》

朝、8時7分。

日曜日だから普段よりもいくらか遅い起床になった。

窓から斜めに降り注いでくる日差しで洗面台の蛇口が光り輝いている。あくびを噛《か》み殺《ころ》しつつ俺は蛇口の上のレバーを「温」のほうへと回して撥《は》ね上げた。

冷たい床に接している裸足《はだし》の足を踏みかえ、温かくなってゆく水で寝ぼけた顔を洗う。

リビングへと続く扉をおはようの声を添えて開けた。

「おはよう、悠太」

「おふぁよう、悠太くん」

親父たちがくつろいでいた。亜季子《あきこ》さんはやや眠たそうだ。

ふたりとももう朝食を済ませたようで、食卓を見ると、俺のぶんともうひとりぶんの朝ごはんがラップを掛けられた状態で置いてある。休日の朝食として浅村家の定番となりつつある、ハムエッグとサラダと味噌汁《みそしる》の組み合わせだ。主食がトーストなのに、親父が亜季子さんの味噌汁大好き男なので妙な組み合わせになっている。もっとも慣れてしまえば美味《おい》しいから問題ないのだけれど。

「あれ？　綾瀬さんは――」

「まだ寝てるわ」

「遅くまで勉強してたのかな……」

待っていたほうが良いだろうか。独りで食事だと味気ないだろうし。

「いつ起きてくるかわからないから食べちゃって」

「はあ。じゃ……いただきます」

「いま、お味噌汁《みそしる》を温めるから」

「ども」

俺は食パンをトースターへと放り込む。電子レンジで皿の上のハムエッグを軽く温めてからラップを剥《は》がし、焼きあがったトーストとともにいつもの席に座る。温めてくれた味噌汁を受け取った。

「あの子ったら、リビングでうたた寝してたのよ。イヤホン着けたままだったから、私が仕事から帰ってきたことにも気づかないで」

トーストを齧《かじ》りつつ俺は、綾瀬《あやせ》さんの昨夜の様子を聞かされた。

バーテンダーの仕事をしている亜季子《あきこ》さんは早上がりで帰ってきても深夜3時を越える。そんな時間まで起きて勉強していたってことか。

イヤホンを着け、英語のテキストを広げていたらしい。週が明けると修学旅行があって、イベントのつづくこの時期だから充分な勉強時間が取りにくいとはいえ、頑張ってるなあ、とこのときは単純にそう思っていた。

綾瀬さんがリビングで寝落ちするのは珍しい。家に居るときも油断した顔を見せようとしなかった頃を考えると、少しは信用されてきたということだろうか。

親父《おやじ》と亜季子さんが再婚して、ふたりがこの家にやってきてから8か月。すこしは家族として馴染《なじ》んでくれているのだとしたら俺も嬉《うれ》しかった。まあ、ゆっくり食べていれば起きてくるだろう。

「いただきます」

ハムエッグに醤油《しょうゆ》を垂らしてから箸でトーストの上に載せる。このときに大切なことは目玉焼きの黄身を壊さないようにパンの中心に載せることだ。

そうしてセットし終えてからそろりと端から歯で噛《か》む。

中央まで噛み進めると、上に載せた黄身が当然ながらつぶれて、パサパサしたパンと同時に汁気を伴う卵の味が口の中に流れ込んでくる。この、卵の黄身をトーストから零《こぼ》さないように食べるのが醍醐味《だいごみ》で――。

「悠太《ゆうた》くんって、太一《たいち》さんとそっくりな食べ方するのね」

「ぶっ！　……げほっ！　げほっ！」

「あら大変。ほら、お水お水」

水を注いだコップを渡してくれる。

「あ、ありがとうございます……」

「どういたしまして。焦って食べるとちゃんと消化できないわよ」

にこにこ笑みを浮かべつつ、亜季子《あきこ》さんは俺の正面の席に腰を下ろして頬杖《ほおづえ》をついた。

「ふふ。ほんとに食べる姿がそっくり」

「そ、そうですか」

自覚はなかったが、そういうものなのかもしれない。ふだん、そこまで親父《おやじ》の食べる姿をいちいち見ていた意識はないけれど。

そこで亜季子さんは、ぽんと両手を打ち合わせて鳴らした。

「そうそう。今日はバレンタインよねー」

「えっ……ええ」

「というわけで――はい、これ！」

食事の支度でダイニングテーブルの周りを歩いていたとき、亜季子さんがいつも座っている席に何か置いてあるなと思っていたが……。丁寧に包装された小さな箱。それを手渡してくる。

よく見れば、リボンが巻かれているからプレゼントであることは明らかだ。

恐縮しつつ俺は礼を言う。これが世間で言う、義理チョコの最後の防波堤であるところの母チョコというものか。

　まさかこんなところで母親ができた実感を得るとは。と、しげしげと包みを眺めている
と、リビングのソファから、か細い親父の声が聞こえた。

「僕には……？」

　親父にはまだだったらしい。

　でも、椅子の上にはこれひとつしかなかったような。

　亜季子さんは俺へのチョコを置いていた椅子を傾け、親父にそこに何もないことを見せ
つつ「えっ？」と言った。

「ええ〜……」

　親父の哀《かな》しげな声に亜季子さんは小さく舌を出してから、

「ふふ。嘘《うそ》です。ありますよ」

　そう言って席を立つと冷蔵庫を開ける。白くて四角い箱を取り出して、はい、と親父に
差し出した。

　受け取った親父が膝の上に載せた箱をいそいそと開けると、中から出てきたのはチョコ
レート色のケーキだった。

「チョコシフォンケーキですよ」

「わざわざ作ってくれたのかい？」

「せっかくのイベントですもの。楽しまないと損でしょう？　甘さを控えておいたから、

最近お腹《なか》周りの気になる太一《たいち》さんでも安心して食べきれると思うの」

「は、ははは。まいったな。それは言わないでおくれよ」

痛いところを突かれて鼻を掻《か》く親父《おやじ》。まったく、いつ見ても亭主関白の正反対な人だ。甲斐性《かいしょう》なしと呼ばれるぎりぎりの当落線上。相手によって評価が分かれるところの人。俺の実母にとっては失格で、彼女よりも寛容な亜季子《あきこ》さんにとっては合格なんだろう。評価してるつもりすら亜季子さんにはなさそうだけれど。つまりは人の評価なんて、人と人の関係なんてそれくらい曖昧なものなんだと思う。

しかし親父の口に合うようにケーキを手作りするとは。その心遣いと物怖《ものお》じせず料理に向き合う姿勢は、どことなく綾瀬《あやせ》さんとかぶる。さすがは母娘《おやこ》というべきか。

「コーヒーのお代わりを淹《い》れるわね。ナイフとフォーク、それと取り皿も」

「ああ、そっちは僕が用意するよ」

「ありがとう、太一さん」

「僕のほうこそ。ハッピーバレンタイン、亜季子さん」

「ええ。ハッピーバレンタイン」

見つめ合うふたりの視線と視線が溶け合いそうだ。まさしくチョコのように。

俺は丸《まる》の言葉を思い出していた。付き合ってるカップルは人前でいちゃいちゃするものだと思ってないかっていう。

してるよなあ、いちゃいちゃ。人前じゃなくて家族の前ではあるけれど。

俺はキッチンのほうを見ないようにしつつ、トーストの残りに齧《かじ》りついた。


予備校の午前の部が終わった昼休み。

予備校の入っている建物を出て、昼飯を買おうと近くのコンビニへと赴いた。

目の前で開いた自動ドアを入ると、入ってすぐの目立つ棚に赤色のパッケージが乱舞していた。

上から下までバレンタインのチョコレートだ。

いちばん上には俺でも知っている有名高級店（チョコ1粒でおにぎり2、3個買えそうな値段のあそこだ）とのコラボ商品が飾られていて、俺と同じくらいの歳《とし》の女子たちがたむろしている。そこに会社員らしき人が割り込んで、いちばん下の50個の個包装ちびチョコが入った大袋のパックを強奪していった。たぶん職場で配るんだろう。

棚の前を通り過ぎて俺は店の奥へと向かう。さて何を食べるか。来週からの修学旅行に使う小遣いを考えると、しばらくは節約したい。

となると——これか。

俺は、塩おにぎりを1個だけ冷蔵棚から取ってセルフレジへと向かう。

背の高い女性の後ろにおとなしく立つ。

「あ。終わりましたのでどうぞ……おや、こんなところで」

振り返ってレジを空けてくれたのは同じ予備校の顔見知りの女子だった。

「藤波《ふじなみ》さん」

「奇遇ですね。あ、邪魔してすみません」

「だいじょうぶ」

バーコードを読み取らせて、スマホの決済アプリを通して支払ってから、肩から提げたバッグへと入れようとして一瞬だけ躊躇《ためら》った。

躊躇《ちゆうちよ》を見て取られ、藤波さんに言われてしまう。

「予備校で食べるつもりなら、持ちますよ」

さりげなくレジ袋の口を隣で広げられた。

サンドイッチいくつかとパン、カフェオレなどが袋の中に見える。

「ええと……ありがとう。じゃあ、俺が持つから入れさせてもらっていいかな」

「おにぎりひとつくらい重くはないですが。まあ、それであなたの気が楽になるのでしたら、お願いしていいですか」

袋の中におにぎりを落として俺は藤波さんからレジ袋を受け取る。

そのまま店を出て予備校の休憩室へと戻った。同じように昼食を取っている予備校生たちでかなり混雑している。

　空いている席を見つけ、ふたり並んで座る。

　自分のぶんを取り出してから藤波さんにレジ袋を返した。

「ありがとう」

「いえ、こちらこそ持っていただいてありがとうございます」

　藤波さんは買ってきた品を取り出してからレジ袋を丁寧に畳み、それをランチョンマットのように敷いてサンドイッチやカフェオレを上に置いた。

　じっと見つめていた視線に気づいたのか顔をあげる。

「ああ、これは単なる習慣です。食後にゴミ袋に再利用するつもりなので」

「あ、ごめん。ジロジロ見て」

「いえいえ。それより好奇心からの質問なんですが。ええと、答えづらければ無視してもいいです。その塩おにぎりを鞄《かばん》に入れるのをためらったのは、食品が鞄の中でつぶれるのが嫌だったからですか？」

「ああ……うーん、ちょっと違うかな。話してもわかってもらえるかわからないんだけど、俺は本屋でバイトしててさ」

「なるほど？」

　それが何の関係が？　という顔の「なるほど」だった。

「バイト中、ストレスを感じることがあってさ」

「接客でくそみたいな客に当たったとき、とか」

「それもある。あるけど、個人的には万引きかな。どれだけ気をつけても、対策しても、残念ながらそういうことする奴《やつ》は絶対にいなくならないんだ」

「店内に監視カメラもあるのでは？」

「お客さんを疑うこと自体がストレスなんだ。だって、本来なら自分たちにとって大切で有難い存在なわけで。でも、バイトをしていると、そういう怪しい人物の見分け方を教えられたりする」

「へえ。あるんですね、そういうの」

「俺も先輩から聞いただけだから、これが一般的なのかどうか知らない。ただ、先輩は形のしっかりした大きめのバッグを持っている人、鞄《かばん》の口を開けたままで入ってくるようなお客さんからは目を離すなって言われたんだ」

「スポーツバッグ、とかですか？」

俺が足下に置いているバッグにちらりと藤波《ふじなみ》さんは目を走らせる。

「そう。たとえばレジ袋みたいなやつは中に何が入っているか見えるし、入れたもので形が変わるような柔らかい袋も何かを入れればすぐにわかる」

それに対して、ボストンバッグとかトランクのような硬い鞄は、本の1冊2冊を滑りこませても外からではわからない。口を開いたまま持ち込まれて、本を入れられてからそのまま口を閉められたら離れた場所から見抜くのは難しい。だからそういう客が入ってきたら目を離すなと言われる。

けれど他人に対して疑いの目を持つという行為自体、心に重い負担がある。じんわりと精神が蝕《むしば》まれてしまう。

「ああ。わかりました。ちゃんとお金を払って購入したとしても、鞄の中に入れてしまうと、支払い済みかどうかわからない。もちろんレシートを取っておけばトラブルにはならないけれど、悪いことをしていなくてもなんとなく人の目が気になる、と」

俺は大きく頷《うなず》いた。

「店内でバッグに物を入れること自体に抵抗があってね。おにぎり1個だけで無駄にレジ袋を買うのもどうかと思うし」

そんな一瞬の躊躇《ためら》いを見抜かれるとは思っていなかった。彼女の申し出がなければ、俺はたぶんレシートとおにぎりをまとめてしっかり握りしめ店を出ていただろう。

「納得です。しかし、昼食がそれだけで足りるとは。小食なんですね」

「来週から修学旅行だから、それに備えて節約してるだけだよ」

「修学旅行。この寒い時期に」

「時期は……どうなんだろ。俺の学校では毎年このあたりらしいけど」

それが一般的なのかどうかはわからなかった。

そういえば、中学のときは三年の初夏のあたりだった気もする。水星《すいせい》高校は進学校だから、高校三年の夏では受験に差し支えるって考えなんだろうか。

「どちらまで？　京都あたりでしょうか」

「シンガポール」

「海外ですか」

感心した声を出されると面映《おもは》ゆい。ここらにある都立校では海外への修学旅行も珍しくもないと思うが。

「すこし、羨ましいですね」

藤波《ふじなみ》さんの通う学校では修学旅行そのものがないらしい。

「まあ、あったとしても行けたかどうかは微妙ですけどね。そのお金があれば大学の費用に充てたい気もあります」

大変だねと同情を寄せる言葉を言うほど鈍感ではなかった。藤波さんが言われても喜ばないだろうことには賭けてもいい。

そのあたりの彼女の気質は綾瀬《あやせ》さんと似ていると思う。

「悔しいので、大学に入ってお金に余裕ができたらめちゃくちゃ海外旅行します。あっちこっちに行って、色々な人と出会ってみたいですね」

「言葉が通じるなら楽しいだろうな」

「あたしは英語ができればとりあえずはなんとかなるだろうと高を括《くく》っています——浅村《あさむら》くんは外国語は苦手なほうですか？」

「英会話にそこまで自信はないかなぁ」

「意外でした。成績いいのに」

受験英語を詰め込んだところで英会話ができるようになるとはあまり思えない。ふだんからリスニングの教材を聞いているわけでもないし。そういえば綾瀬さんは昨夜も英語を勉強して寝落ちしたらしいって亜季子《あきこ》さんが言ってたっけ。

「藤波さんは英会話はできるほう？」

「それなりに」

「すごいな」

「環境ゆえ、ですかね。幸いなことに」

かつて聞いた話では、藤波さんは、おばちゃんと呼んでいる里親のもとで生活しているということだった。そしてどうやらその人が面倒を見ている外国人の中には東南アジア出身で、英語をよく使うような人もいて、そういう人の経営する個人レストランに遊びに行ったときは、英語で喋《しゃべ》ることが多かったらしい。

「最初は何を言ってるのかよくわからなかったんですけどね。合わせようとしてるうちに自然と話せるようになりました」

「門前の小僧習わぬ経を読む、か」

「習うより慣れろですかね。海外旅行をしても現地の言葉が話せないままだと得られないものもある……と、これはあたしが勝手にそう思っているだけですが。まあ、会話が成立しているように見えるからといって意思が通じているかどうかは別ですし、会話に夢中になってしまうがゆえに見逃すものもあるかもです」

「たとえば？」

「お喋《しゃべ》りに夢中になると見えなくなるんですよ。時間とか」

藤波《ふじなみ》さんが、ささっと食べ終えた後のゴミをレジ袋に入れて口を縛り立ちあがる。

気づけばもう休憩所には昼食を取る者の姿はなくなっていた。携帯の時間を見て慌てる。

午後の授業まで2分しかない。

「なるほど」

「さ、急がないと遅刻です。授業料がもったいないです」

足早に廊下を歩きつつ、俺はそれでも会話ができると得られるものは多いのだろうなとも思った。

予備校が終わり、建物を出たときにはとうに陽《ひ》は落ちていた。

綾瀬《あやせ》さんから貰《もら》ったネックウォーマーで襟元を覆うと、俺は渋谷《しぶや》の駅前にある書店まで自転車を飛ばした。頬《ほお》にあたる風が冷たい。まばたきをするだけで涙が出てくる。今の時間でここまでかじかむのなら、バイトを終えて帰るときには、どれだけの寒さになっていることか。

やはり真冬の夜に自転車はやめておいたほうがいいのかもしれない。

駐輪場に自転車を停《と》め、しばらく歩いてから暖房を効かせた建物の内に入ると、安堵《あんど》の息が漏れた。そのまま書店の事務所へ。

制服へと着替えを済ませ、売り場に出た。ざっと回って、棚の在庫や平台の捌《は》け具合《ぐあい》をあらかじめチェックしておく。

「おー、後輩君！」

バイト先の先輩である読売栞《よみうりしおり》――読売先輩が声を掛けてきた。

着替えてないから、いま来たところなんだろう。

「こんばん――いえ、おはようございます、でしたっけ？」

「なんで夜におはよう言ってるの」

「読売先輩が前に言ったんですけどね。ギョーカイではそう挨拶するもんだって」

「……あー。そうだったそうだった。真面目だねえ、フェルプス君」

「誰ですかそれ」

読売先輩のことだから、きっと小説か何かに出てくる人物なんだろうけど、こちらが知っているかどうかに構わずに使ってくるのは困ったところだ。

「さて誰だろう。なお、この記憶は自動的に消滅する」

「消滅しちゃ、だめじゃないですか」

つまり覚える気がないんだな。

「ふっふっふー。って、あれ？　妹ちゃんは？」

「今日は入れ替わりです」

綾瀬《あやせ》さんは朝10時から夜6時までのフルタイムで働いており、俺と入れ替わりで退勤になる。たぶん、もうそろそろ着替え終わっている。

修学旅行で貯《た》めていたお金を使うことになりそうだということで、綾瀬さんは、1月の後半から休日にかなり長めのシフトを入れたりしているのだ。その代わりにそういう日は上がりの時間を早めにしている。

おかげで俺のバイト時間と重なる日が少なくなっていた。

そういったことを事務所へと戻りつつざっと説明する。

「ほほう。修学旅行。いいよねぇ、うらやまだよぅ」

「なので、来週は俺も綾瀬さんもその間シフトが入ってません」

「君たちが居ないのは戦力ダウンだなぁ。ま、わりと暇な月でまだ良かったけど。いいなあ修学旅行。私なんかそろそろ就活のこと考えなきゃいけないのに、ずーるーいー」

「ずるいって言われてもですね。……でも、読売《よみうり》先輩でも就職は悩むんですね」

「でも、ってなに？」

「仕事と趣味は切り分けるから仕事なんてなんでもいいとか言いそうなので」

「それはそう。何の仕事をしてても本は読めるし」

　やっぱり。

「それにしたって恒常的に本を摂取するためには先立つものが必要だと賢いわたしは知っているのだよ。ねぇねぇ。後輩君はわたしが何に向いていると思うかな？」

　読売先輩は自分の鼻先を指でつつきながら言った。

「先輩でしたらどこに就職してもそれなりに成功しそうですが」

「持ち上げても何も出ないよ？」

「希望はあるんですか」

「んー。このまま書店に就職するか、出版社へ進むか、いっそ配信者か芸能人になって、一攫千金《いっかくせんきん》かなぁ」

　真面目な顔してオチを用意しないでいただきたい。

「どれもできると思いますよ」

　言いながらも改めて思う。定期的に客から告白されるような美人にして月ノ宮《つきのみや》女子大学出身の才媛ともなれば、最後に冗談で付け足した芸能人でさえなれるのではないかと。

「どれもできる、ね……」

意味ありげに溜息《ためいき》をつかれてしまった。

「ま、いいか。悩むのはあとあと。しっかし、沙季《さき》ちゃんが居ないとなると今日はわたしと後輩君がレジ打ちだねぇ。まあ——」

事務所の手前で読売《よみうり》先輩が視線を店内にさ迷わせた。

「——この時期だと、そこそこ暇になりそうだけど」

「ですね」

日曜日なのにあまり混んでいない。

日本の2月は環境の激変する季節だ。気候につられて需要も冷え込むのか、一般的にはモノが売れにくい季節だと言われている。それは本も例外ではなく、毎週よく売れる定番の漫画雑誌や不動の大人気作品、作家の最新刊を除くとかなり寂しい売れ行きになりやすい。

受験当日でもお構いなしにお気に入り作家の新刊だからと読んでしまうような本の虫はごく少数の例外であって、親からあきれられることになる。

「ほんじゃ。後輩君、今日もよろしゅう」

ひらひらと手を振って読売先輩は更衣室へと消えた。

俺のほうは事務所を覗《のぞ》いて店長へと挨拶を済ませる。この時点で、何かするべきことがあれば頼まれる。案の定、レジ打ちの間を縫って返品の運びを手伝ってほしいと言われてしまった。休日は問屋からの配送が止まる。返送は配送とセットなので、つまり返品を詰めた段ボールが溜《た》まっているのだ。

要は肉体労働である。了承の返事を伝えて俺は売り場に出た。1時間もしないうちに店をさすらっていた学生たちもサラリーマンたちも姿を消してしまい、ピークアウトして暇になった。返品の山も片付いて、レジに戻っても、そもそも勘定場に来る客がいない。時計を見ると、まだバイト終わりまで1時間ほどもある。レジ打ちしている俺と読売先輩だけがぽつねんと立っている状況だ。

さすがにだれてきた。

「ひまあ！」

「暇ですね」

「ねえねえ、後輩君、さっきの話なんだけどさ。修学旅行って、どこ行くの？」

そこで俺は藤波《ふじなみ》さんとも語った内容を読売先輩にも語りなおした。

行き先がシンガポールであること、そのためにお小遣いを貯《た》めていること。現地の人と喋《しゃべ》れたら楽しいだろうが、語学には自信がないこと。もちろん、やりとりは小声だったし、お客さまが来れば即座に対応はしていた。

それにしたって、10分に一度のレジ打ち業務では益体もない会話も始まろうというもので。

「修学旅行にバレンタイン。どいつもこいつも青春だぁ」

「ここまでの会話にバレンタイン出てきましたっけ」

「今日の過疎っぷりは、渋谷《しぶや》の街にはカップルぐらいしかいない証拠じゃないかと思ってね」

「偏見が過ぎる……」

「後輩君はチョコもらった？」

「え？　ああ、いえ。まあ。家族からとか、それぐらいで」

綾瀬《あやせ》さんと亜季子《あきこ》さんのは家族からという表現で正しいだろう。奈良坂《ならさか》さんだけが友達からの義理チョコ。そういえば藤波《ふじなみ》さんとはバレンタインの話題すらいっさい出なかったが、まあそれくらいが自分と彼女の距離感なんだろう。

ともあれ読売《よみうり》先輩にいじられるのは癪《しゃく》なので、適当にはぐらかしておくことにした。

バイトあがりの時間になり事務所へと戻る。

ちょうど同じタイミングで読売先輩も短い休憩に入ったようで、デパートの袋を提げて事務所にやってきた。袋から赤い小箱を取り出すと、奥のデスクに座っていた店長へと渡した。

「店長。義務チョコです」

「おう。ありがとう読売くん」

　義務？　義理でなく？　と俺が首を傾《かし》げていると、読売先輩は、店長にぺこりと頭を下げてから、今度は俺のほうへとやってくる。そして同じように紙袋から取り出した赤箱を小声を添えて渡してきた。

「ほい。義理チョコだよ」

　店長へと渡された箱と全く同じだ。

　俺は首を傾げる。

「義務と義理との違いはどこに？」

「籠《こ》めた念？」

「なんでそこ疑問形なんですか」

「だからあ、籠めた念の種類がちがうってコトだよぅ」

　いったいこの小箱にどんな念を籠めたというのか。

「愛情？」

「やっぱり疑問形なんですね」

「義理と書いて、『らぶ』って読む」

「その当て字《ルビ》には無理があると思います」

「就活のストレスを後輩で癒《いや》そうという先輩心なのに」

「パワハラの入り口ですよ。というか後輩を癒《いや》しグッズ扱いしないでください」

「わたしも海外旅行くらいいきたいよぅ。めそめそ。ねえ、後輩君。わたしを修学旅行の現地ガイドとして雇ってくんない？」

「英会話堪能なら、ふつうに外資系企業に就職されることをお勧めします」

「堪能、というほどまで行かないかなー。わたしの学部も、べつに英語達者な人が多いわけじゃないしなー。読むだけならできないと困るけどね」

「そうなんですか？」

「最新の論文は英語がいちばん多いんだよね〜。アブストラクトを――論文の内容を短くまとめたやつをそう言うんだけど。大雑把《おおざっぱ》に言うと、論文を漁《あさ》るときってアブストラクトを大量に眺めてあたりをつけてから本論文にあたるわけ」

「ははあ、なるほど」

「そのアブストラクトもそもそも英語だったりするわけだよ。だからまあ、膨大な英語のアブストラクトを読んで、そこから長い長い本論文の英語を読む。んだから――」

聞いてるだけでアルファベットが脳をぐるぐる回りそうだった。

「文章なら長文でも読める学生は多いよ、もちろん。あと、院まで進むような人は日常会話くらいは普通にできる。でも一般学部生はなかなかそこまでは。工藤《くどう》センセはペラペラだけど。あの人、みんなが嫌がるのわかってて、ゼミの会話もぜんぶ英語にしようかとか言い出してて。次の定期試験は問題文も解答も英語にするとかニヤニヤしながら言ってたなー」

大学って大変なんだな。それともあの先生が変わってるだけなんだろうか。

同情しつつ、俺は読売《よみうり》先輩に英会話上達のコツを聞いてみた。

「って言ってもね。まあ、習うより慣れろじゃないかな、やっぱり」

結論が藤波《ふじなみ》さんと一緒だった。

「外資の一流企業だと、筆記試験が問題も解答も全部英語だったりするとこもあるからね！」

「マジですか」

「だから後輩君も何かひとつくらいは語学ができたほうがいいよぅ。それに、外国語が読めれば翻訳前の原書が読めるんだよ。ハリウッド映画化されそうなＳＦをみんなより先に読める！」

「おおっ！」

「そして会話ができれば」

「できれば……」

「各国のＳＦ通たちともリアルタイムの交流ができる！」

「おおお！」

「さらに就職の役に立つ！　……かもしれない」

「お、おお……」

何故《なぜ》か最後だけ尻下がりだった。

ありがたい言葉を拝聴したところで読売先輩は仕事に戻っていった。

俺はそのままバイトをあがって店を出た。


駐輪場へと自転車を停《と》め、マンションのエントランスをくぐる。

日曜日の夜だからそんな必要もないわけだが、つい習慣で郵便受けを覗《のぞ》き、からっぽであることを確認してからエレベーターで家のある階まで上がった。

ただいまの声を小さく掛けながら扉を開ける。

「お帰りなさい」

「あれ？　綾瀬《あやせ》さん、こっちで勉強してたんだ」

リビングで綾瀬さんが横文字の並ぶテキストを広げていた。

「前に浅村《あさむら》くんも言ってたでしょ。場所を変えると気分転換にいいって。で、私も気分を変えようと思って。うん、たまにはいいね」

「参考になって嬉《うれ》しいよ。っと、ただいま」

「ん」

綾瀬《あやせ》さんが、イヤホンを外して立ち上がる。

「ごはんにする？」

かすかに首を頷《うなず》かせながらありがとうと伝える。

いつものごとく親父《おやじ》はもう寝てしまっていて、亜季子《あきこ》さんは仕事に出ていた。

スポーツバッグを部屋に置いてこようとして気づいた。読売《よみうり》先輩からもらった義理チョコを取り出して冷蔵庫へとしまう。冬とはいえ暖房の効いた部屋に置いておくよりはいいだろうと思ったのだ。

「それ……」

綾瀬さんが俺の手元を見てつぶやいた。

「ああ。読売先輩からもらったんだ。義理チョコだって」

いちどしまいかけたチョコの赤い小箱を見せる。

「あ」

「ん？」

「ううん。なんでもないよ。ブランドチョコを義理チョコにできる財力が大学生なんだ、って思っただけ……義理チョコなんだよね？」

「少なくとも義務ではないらしい」

「なにそれ」

「読売ジョーク、かな？」

よくわからないんだけど、と言われてしまったけれど、俺も読売先輩の思考のすべてを解読できている自信はない。

ただ、どうやらあの人にとっては、難解なパズルを出すことと、難解な冗談とが同一の集合にカテゴライズされている気はする。

スポーツバッグを部屋に置いてから食卓に戻った。

「温まるまでもうちょっと待ってね」

「だいじょうぶ」

綾瀬さんが昼の残りのホワイトシチューを温めている間、俺は食器を用意してご飯をお茶碗《ちゃわん》によそっておいた。

お茶碗を手にしたまま椅子に座ると、タイミングよく食事が並べられる。

「ありがとう」

「どういたしまして。ちょっと待ってね。もうひとつ」

「ん？」

俺は目の前の用意された夕食を見る。

昼の残りの野菜と鶏肉《とりにく》のホワイトシチューをメインにして、主食がご飯で、海苔《のり》とひじきの煮物が付けられていた。正直、夜も遅いからこれで充分なのだけど。

ことん、と目の前に小瓶が置かれる。

「……七味唐辛子《とうがらし》？」

「はい。これで全部」

「え？」

よくわからなかった。俺は醤油《しょうゆ》派なので、海苔《のり》に味を付けるなら醤油があれば充分なのだが。

「デザートが甘いんだから、辛《から》くして食べたいかなって」

「いやべつにこのままで充分美味《おい》しそ……」

「遠慮なく使っていいよ。じゃ、勉強の続きするから」

そう言ってくるりと背中を向けると、勉強道具をもって綾瀬《あやせ》さんは部屋に戻った。

うーん、と考える。

もしかして、俺が知らないだけでホワイトシチューに七味唐辛子って合うんだろうか？

そう思って試してみたけれど、とくにすごく美味しくなるわけでもなくて。

綾瀬さんの謎の行動は謎のまま終わった。

●2月14日（日曜日） 綾瀬沙季《さき》

耳の奥に残ったのはかすかな金属音で、ドアの閉まる音だと気づくまでには、ほんの少しだけ時間が必要だった。

薄目を開けて枕元の時計を見る。

08：54。

ああ、もう9時になる。でも今日は日曜日だからゆっくりでき……。

――できない！

10時からフルタイムでバイトが入っているんだった。

すっかり寝坊した！ 私は布団を撥《は》ね飛ばした。途端に冷えた空気が体を包み、ぶるりと震えが走る。エアコンのスイッチに手を伸ばして思いとどまった。その時間さえ惜しい。

「せーの」

声に出して気合を入れて服を脱ぐ。

いつもなら、布団の中からエアコンを操作して部屋を暖めてから着替えるのだけれど、それだと絶対に間に合わない。無駄なく動けばどうにか15分前に着くかどうかといったところ。それも道のりをぜんぶ走って行けばの話だ。

頭のなかで必要な行程を思い描き、ちらちらと視界の端に見えるデジタル時計の数字と引き合わせつつ、手と体を動かした。服のコーディネートを考える時間ももったいなくて、日頃から記憶にストックしてある標準着回しセットで行こうと決める。アクセサリ類をスポーツバッグに叩《たた》き込《こ》み——そっちはバイト先の更衣室でも装着できるから——洗面所へと駆け込む。

猛烈な勢いで歯を磨きながら、髪をチェックする。うん、寝癖はない。ああ、やっぱり部屋に大きな鏡がほしい！　顔を洗ってから今度は肌の乾燥チェック。気になるときは保湿の化粧水を叩き込むんだけど、今朝はだいじょうぶみたいだ。ぐっすり寝たし。というか、ぐっすり寝すぎたというか。読売《よみうり》さんが、大学に行く歳《とし》になると保湿必須になるよぅと脅してきたっけ。

自室に戻って携帯とお財布とその他もろもろ小物の忘れ物がないかをチェックしてから上着を羽織る。全行程を走りぬくつもりなのでマフラーも手袋もバッグの中へ入れて部屋を飛び出した。

「沙季《さき》ちゃん」

声に振り返る。

太一《たいち》お義父《とう》さんが、車の電子キーをちゃらっと音立てて指から提げつつ、ソファから立ち上がりながら言った。

「車で送るよ」

――自分の寝坊で他人にそんな迷惑を掛けられない。と、断りそうになって慌てて言葉を呑《の》み込《こ》んだ。

「ええと……助かります。お願いできますか」

「もちろん」

嬉《うれ》しそうな顔をされて、私は逆にちくりと心が痛んだ。

マンションの駐車場までお義父さんとともに急ぎながら私は考えていた。

実父だけが父とかそういう意識は自分でも驚くくらいまったく無く、ただ、私の意識の中のカテゴリーでは、少し前まで浅村《あさむら》太一という人物は「お母さんの夫」でしかなかった。

それは浅村悠太《ゆうた》も同じだ。同居人以上ではなかった。

でも、正月の浅村家の訪問のとき、太一お義父さんも浅村くんも、一生懸命に私とお母さんが親戚たちと馴染《なじ》めるように緩衝材になってくれた。

そのとき、私も同じようなことがあれば同じように、太一お義父さんや浅村くんのために頑張ろうと思ったのだ。

つまり、もっと家族としてやっていこうって。

他人じゃない。

太一さんはお義父さん。

呪文のように唱えながら、私はお義父さんの車に乗り込む。

「シートベルト、ちゃんとした？」

そうだった。

正月のときもしっかり確認してくれたっけ。慌てて引っ張り出そうとして、ベルトに引っ張り返される。

「し、締めました」

「じゃ、出るよ。本屋さんの前でいいかな」

「はい」

車が加速し、背中がシートに押しつけられる。いつもなら走っても十数分かかる道のりだけど、車なら5分も掛からない。これなら楽勝で間に合う。

「ありがとうございます」

「まあどうせこのあと亜季子《あきこ》さんを迎えに行くし。ついでだよ」

「あ、お母さん。買い物ですか」

「そうそう。だからほんとについでなんだ。それに父親らしいところもたまには見せないとね」

そうわざわざ言ってくれるのは、私が心に余計な負担を感じないようにだろうということもわかる。

優しいひとなのだ。お母さん、ほんとうにいいひとを見つけたと思う。

「それでも──ありがとうございます」

お母さんが頼ることのできるひと。

たぶん、それは太一《たいち》お義父《とう》さんから見ても同じで。それは家族だから頼り切っていい、ってことじゃなくて、互いに支え合おうっていうことで。

前に浅村《あさむら》くんも言っていたっけ。

上手に頼ること。

私が今まで意識的に避けてきたことだ。

あれはもう半年以上前になる。

背中に遠ざかる浅村家のあるマンション。あそこに私とお母さんが引っ越してきてすぐのことだった。私のためにってわざわざバイト先の先輩から聞いてきてくれたアドバイス。

そう、読売《よみうり》さんからのだったはず。

「だいじょうぶ。間に合うよ」

「え……あ、はい」

私は両手で頬《ほお》をぐりぐりと撫《な》でる。これから接客業だというのに顔を強張《こわば》らせてどうするのか。たぶんいま、しかめ面をしていたのだ。

「ちょっとあの、余計なことまで思い出しただけなので」

太一お義父さんが首を傾《かし》げた。

変な答えを返してごめんなさい。

「ええと……勉強熱心みたいだね。昨日も遅くまでやってたみたいじゃないか」

妙な空気になりかけたのを壊すように話題を変えてくれた。

「あ、その。ちょっと今、英会話を集中してやってて」

「英会話か。苦手なんだっけ？」

「いえ――」

私は思わず苦笑を浮かべてしまう。

「得意とまでは言わないですけどそれなりに。ただせっかくシンガポールに行くんだからと思って」

「ああ、修学旅行か。もうすぐだね」

私は頷《うなず》いた。

「それは……受験勉強もありますけど。いま詰め込んでいるのは、どっちかっていうと向こうに行ったときにちょっとでも喋《しゃべ》れないかなって。ヒアリングは前から英会話の教材を聴いたりしてて少しは。ただ……」

なるほど、と太一《たいち》お義父《とう》さんが頷く。

「話すほうは、たしかに付け焼刃でどうにかなるもんじゃないからね」

「そうなんですよね」

「でも、いいんじゃないかな。受験のためだけが勉強じゃないし。言語はそもそもコミュニケーションのためのものなのだから、修学旅行で現地の人と会話してみたいっていう動機は素晴らしいと思うけど」

手放しで褒められると慣れてないから照れてしまう。

「もうちょっと上達したかったですけどね」

「そもそもの動機が受験のためじゃないなら、今回の旅行に間に合わなくても続けられると思うよ」

「はい」

「ただ、無理はしないようにね。あまり夜更かししていると亜季子《あきこ》さんも心配するし」

心配そうな声音で言われて、私はしっかり頷《うなず》いた。

「無理はしないようにします」

そのタイミングで車が停《と》まる。バイト先の書店が入る建物の前まで来ていた。

「じゃ、行ってらっしゃい」

「行ってきます――あ、冷蔵庫の中にチョコが。付箋貼っておいたので、わかると思います――お義父《とう》さん宛てって書いてありますから」

ドアを閉める直前に見たお義父さんのふたたびの嬉《うれ》しそうな顔に、私は改めてこの家族を大切にしようと思ったのだった。

バイト先でたっぷり働いて、あっという間に時間が過ぎて退勤間際。

お先に上がりますと事務所に告げに行く。

店長から「お疲れ様。今日は頑張ったね」と褒められた。

遅刻ぎりぎりで入った後ろめたさもあってちょっと気合を入れてしまったからだろうか。

思ってもいなかった言葉なので驚いてしまう。

更衣室で着替えながら店長の言葉を振り返り、今日は年長者から褒め言葉をもらう日だなあなんて考えた。それも、自分では褒められようとか評価されようなんて意識していなかったところで。

そういえば、バイトの人たちの中には休憩時間に義理チョコを配っていた人もいて、私はそういうのって興味もなかったし必要も感じていなかったけれど。

思い返せばずっと店長さんは、私が浅村《あさむら》くんの妹であることを伏せたまま、綾瀬《あやせ》の苗字《みょうじ》で雇ってくれているのだった。

今さらながらに義理チョコのひとつも差し入れしても良かったかもと後悔する。

そして、そんなことを考えている自分に驚いた。

私は自分自身を、世間的なしがらみというものを遠ざけて生きてきたと思っていたのだけれど——。

更衣室を出ていこうとしてドアを開けたところで入ってきた読売《よみうり》さんと顔を合わせる。

「おー、ほんとに入れ替わりなんだー。ぎりぎりすれちがえたねえ」

「こんばん——いえ、おはようございます、読売先輩」

「私が悪かったよ、フェルプスちゃん」

「は?」

「もう不可能任務《インポッシブルミッション》に向かわせたりしないから、ふつうに『こんばんは』でいいかな?」

よくわからないが両手を合わせて拝まれては断れない。

「あ、はい。こんばんは」

「いま帰り?」

「そうです、けど」

読売さんは私とすれちがいに更衣室内へと足を踏み入れたのだけれど、ちょいちょいと手招きをされた。肩から大きめなデパートの紙袋を提げていて、そこから小さな小袋をふたつ取りだしてくる。

「はい。お裾分け。飴玉《あめだま》ちゃんだけど。どっちがいい?」

「どうちがうんですか?」

「こっちは甘いやつ。こっちは辛《から》いやつ」

辛い飴?

「唐辛子《とうがらし》飴だって。旅行に行った友人からもらったんだ」

ああ、だから、「お裾分け」なのか。

しかし塩《しお》飴ならわかるが（あれは実は甘い）、唐辛子飴って辛いだけなのでは？

「細けえことはいいんだって。おもしろそうだからアリ！　わたしなんて、昔ドリアン飴をもらったことがあるよう」

ドリアンって、あの匂いが強烈だっていう？

「そ。しかも果実の旨味《うまみ》はなくて、匂いだけを封じ込めたような飴だったんだよ。ひとつ舐《な》め切るまで地獄の苦しみだったよ～」

「……唐辛子でいいです」

甘いほうは誰かに譲ってあげよう。辛い飴って、ちょっと興味がある。

「ほい。じゃ、これで賄賂はOKってことで。あとでお兄ちゃんだけチョコ貰《もら》ったーって、妹から嫉妬されたくなかったし」

「しませんが」

嫉妬ってそんな。

というか、そうか、浅村《あさむら》くんにもチョコ渡すのか、そうか。それはまあ職場の同僚だものね。それはそうか。

「ええと、じゃあ、お先にあがりますね」

「あ、来週、修学旅行なんだって？　いいねー。楽しんでくるんだよぅ。またねー」

「ありがとうございます。では、お先に」

店を出てから気づいた。

私、修学旅行だって言ったっけ？

店を通り抜けるときに売り場へと出てくる浅村《あさむら》くんを見かけた。そうか、浅村くんから聞いたのかな。

これから読売《よみうり》さんと一緒に彼はバイトなんだ……。

今日は2月の14日。帰り道、渋谷《しぶや》の街を通り抜けると、連れ立って歩く男女と何度もすれ違う。

バレンタインデートっていうのかな。

真綾《まあや》に言わせれば、デートだったら土曜日でしょ、ということだったけど。そんなことはないみたいだ。たくさんいる。

家に帰ると、お義父《とう》さんとお母さんが久しぶりに一緒に夕ご飯を食べていた。

「チョコ、ありがとう。美味《おい》しくいただいたよ」

お義父さんが顔を見るなりありがとうの言葉を告げてくる。

作ってあげたチョコシフォンケーキもまるまる食べたのに、とお母さんはすこしあきれ顔だ。

もうすこしカロリーを抑えた贈り物にするべきだったろうか。

お母さんが温めてくれた昼の残りのホワイトシチューを食べながら、私は今頃、浅村くんと読売さんは何をしているんだろうかと考えていた。

そうして、ふたりが一緒なのはなんか嫌だな、と考えてしまった自分に気づいてしまう。

私、こんなに束縛したがり屋だったのか……。

その感情を引きずったまま部屋に籠って勉強していたら、集中できなくなった。

首を左右に強く振る。だめだだめだ、こんなんじゃ。

わざと口に出してそう言って、勉強道具をもったまま部屋を出た。

「環境を変えよう」

場所をリビングに移して再開する。

イヤホンを着けて余計な音を意識から追い出し、英語に集中しようとする。目の前に広げたテキストと同じ内容が耳から聞こえてくるわけだけれど、テキストのほうを見ないまま言葉の内容を理解しようとした。つまり、英語を日本語に翻訳しようとするのではなく、英語を英語のまま理解しようと。

だって、英語を話している人たちは、別に頭のなかで翻訳をしながら聞いているのではないはずだから。

でも、言《い》うは易《やす》く行《おこな》うは難《かた》し。

ああいけない。そもそもそのことわざが日本語だ。

ええと、It's easy to say, hard to do.《イッツ・イージー・トゥ・セイ、ハード・トゥ・ドゥ》だ。セイはイージーだけど、ドゥはハードなんだってば。

英語を聞いて、英語のまま脳で処理しなきゃ。

……ドゥしてない気がする。

英会話むずかしい。

『そもそもの動機が受験のためじゃないなら、今回の旅行に間に合わなくても続けられると思うよ』

太一《たいち》お義父《とう》さんの言葉が頭の中で蘇《よみがえ》る。

言語はそもそもコミュニケーションのためのもの。自分以外の誰かの意思や感情を理解し、自分の意思や感情を相手に伝えるための……。

テストだけじゃなくて、将来を考えたらきっと必要になる。

できることだけやってちゃダメだものね。

意識を集中させていると、次第に頭の中から日本語が抜けていった。

一心不乱だったからだろうか、いつもなら家の扉を開けたところで気づくのに、そのときはリビングに続く扉が開くまで気づかなかった。

顔を上げ、とっさに言葉を紡ぐ。それでもちゃんと日本語が出てくるのだから、母国語というのは強固なものだと思う。

「お帰りなさい」

目の前にスポーツバッグを肩から提げた浅村《あさむら》くんがいる。バイトから帰ってきたのだ。

私は、イヤホンを外し、椅子から立ち上がる。テーブルの上に置いた携帯にさっと目を走らせて時間を確認する。

ああ、まだこんな時間なんだ。

だとすれば浅村くんはバイト先から家までまっすぐに帰ってきたことになる。

「ごはんにする？」

頷《うなず》かれたので私は用意を始める。

幸い、太一お義父さんが夕食控えめだったから、シチューがまだ残っている。

浅村くんはいちど自分の部屋に戻ろうとしてから何故《なぜ》かキッチンに戻ってきた。

そのまま冷蔵庫を開けて、バッグから取り出したものを中へと放り込もうとした。私は目ざとくそれに気づいてしまい、つい声に出してしまった。

「それ……」

じっと彼の手元に視線を注ぐ。

もちろん、チョコだ。それはそうだろう。読売《よみうり》先輩からも、渡すと聞いてたし。

浅村《あさむら》くんはとくに動揺することもなくさらりと、読売《よみうり》先輩からもらった、と手の中の品を見せてくれた。

パッケージに見覚えがあった。

「あ」

それは小さな1粒で菓子パン1個が買えるようなブランドのチョコだった。高校生の私にはとても義理用には買えないやつ。

とっさに「義理チョコなんだよね？」と聞いてしまう私は自分が恥ずかしい。確認というよりも、それ以外の答えを許さないという気持ちが出てしまっている。私はこんなにも狭量な心の持ち主だったろうか。

読売さんの顔が浮かぶ。

『あとで妹から嫉妬されたくなかったし』

これじゃ、読売先輩の予測どおりじゃないか。

私はそれ以上の会話を打ち切ってせっせと浅村くんの夕食の準備に専念した。

メインのホワイトシチュー以外には、海苔《のり》と、冷蔵庫からひじきの煮物を出して並べた。もう夜も遅い。胃に負担が掛からないように軽いほうがいいだろう。

お義父《とう》さんも、お母さんのケーキと私のチョコを両方とも食べたから、夕食はあまり食べられなかったわけだし、浅村くんにも食後のデザートがあるわけだから。

冷蔵庫の中の赤い小箱が。

食卓にひととおり並べ終えると、椅子に座った彼から「ありがとう」と言われたのだけれど、私はとっさにこう言っていた。

「ちょっと待っててね。もうひとつ」

首を傾《かし》げる彼の前に赤い小瓶をことりと置いた。

「デザートが甘いんだから、辛《から》くして食べたいかなって」

そして言い訳するように付け加える。

「遠慮なく使っていいよ。じゃ、勉強の続きするから」

逃げるように私は勉強道具をまとめて部屋に戻った。

椅子に座って頭を抱える。

「あー……みっともない」

机の上に転がしてあった読売さんからもらった飴玉《あめだま》を見つめる。包装紙を解いて口の中に放り込んだ。

「辛っ」

ほんと、私は何をやってるんだ……。

●2月16日（火曜日）　浅村悠太《あさむらゆうた》

木目も鮮やかな体育館の床を鈍く叩《たた》くボールの音。

響くその音に、生徒たちが床を強く踏むときに鳴る上履きの音が混じる。

5時限目の体育という弛《たる》んだ空気を吹き飛ばすように声が響く。

「よこせ！」

ゴール下にひとりの男子が走り込む。

大きな体は鈍そうな印象を与えるが、それを裏切る眼鏡をかけた知的な風貌をもち、鍛えあげられた筋肉の鎧《よろい》を着込んでいた。二年生にして野球部のレギュラー捕手を務める男だった。

「丸《まる》、頼む！」

声とともに胸元に投げつけられたオレンジの球を受け取った丸は、ゴール下に陣取っていた相手チームのディフェンスをフェイントひとつで躱《かわ》して体を入れ替え、膝を大きく曲げて沈み込む。

次の瞬間には溜《た》めた力を解放して宙へと飛び上がった。両手で抱えていたボールが滑るようにして右手ひとつに持ちかえられる。そのまま、文字通りにゴールの上に置く《レイアップ》ようにしてボールを離し——。

「させるかあああ」

ボールが離れる直前に丸《まる》は右手を叩《たた》かれた。

鋭くホイッスルが鳴る。

「ファウル！」

着地した丸がにやりと笑みを浮かべた。阻止しようとした敵側の男子は悔しそうに顔をゆがめる。

与えられたフリースローを見事に決めて勝負に決着をつけると、丸は荒い息をつきながらコートの外へと出てきた。

「お疲れ」

「おう。まだまだ動けるけどな」

平気そうな丸とは対照的に他の男子たちはへたり込んでいた。きっつー、とあちこちで声があがり、おまえら運動不足すぎだと教師が呆《あき》れたように言った。

体育館の反対側では女子たちがバレーボールにトライしており、そっちもそっちで大きな声で悲鳴もどきがあがっていた。

いちばん声が大きく騒がしいのはもちろん綾瀬《あやせ》さんの友人の奈良坂《ならさか》さんだ。いま、指が折れたーとか聞こえた気がする。おそらく突き指をしたとかそういうことなのだろうけれど（ほんとうに折れてたら、もっと大騒ぎになっている）、バレーボールもなかなかに過酷な競技だ。

女子たちのほうを見ていた丸が、ふと口を開いた。

「そういえば、明日から修学旅行だな」

俺は思わず溜息《ためいき》を漏らした。

そうか、明日にはもう飛行機に乗っているんだった。

「どうした。溜息なんぞついて」

「怖い」

「は？」

「丸は飛行機がどうして空を飛べるのかわかってる？」

「ベルヌーイの定理があるからだな。翼の上下で翼の表面を流れる空気の速度――流速を変えることさえできれば気圧差が生じる。気圧が、上で低く下で高くなるなら、上方への力が働く。これがベルヌーイの定理で、揚力が発生することは理解できる。要は条件を整えて翼の上下で流速を変化させることだ。流速を変えるための構造もわかっているが……真面目に説明すると面倒くさい。聞きたいか？」

「今は体育の時間だからいい」

そういうのは物理のテストの前にでも聞いておきたい。

「まあ、人間は浮くとわかっていても溺れるのは怖いし、心臓を動かす筋肉は不随意筋だとわかっていても勝手に止まらないかと怯《おび》えるものだからな。理屈ではない」

笑いながら言われて、俺はふたたびの溜息《ためいき》をついた。そうなんだよな。理屈はわかっていても納得しきれない。怖いものは怖い。

「もし落ちたらって思うとさ」

「可能性はゼロではないが、それを言いだしたら、明日には空が落ちてきて世界が終わる可能性だってゼロじゃないぞ。杞憂《きゆう》って言うんだがな」

「それはそうなんだけど」

いや、空が落ちてくる可能性はゼロでは？

「エレベーターに乗るたびにロープが切れて落ちたらって心配してたらメンタルがもたんだろう」

「慣れてしまえば平気なんだけど。飛行機は初めてだからね」

「不安は楽しいことを考えて打ち消すに限るぞ。飛行機を降りたときのお楽しみでも精々想像しておけ」

「楽しいことねえ……丸《まる》はあるの？」

「うむ。シンガポールにはカジノがあるからな。ぜひ行ってみたい」

「いや駄目でしょ」

カジノ自体はシンガポールでは違法ではない。でも年齢制限がある。21歳未満は禁止で罰金を取られる。

「わからんだろ。明日には法律が変わって、21歳未満が17歳未満に変更になってるかもしれん」

「ないない。ないから」

そもそも、シンガポール内でそんな議論が交わされていたらニュースのひとつも流れている気がする。

「だがな、浅村《あさむら》よ。そもそも日本では賭博は大人であっても違法だ」

「そうだね」

「同じことをしても許されたり許されなかったりするのは何故《なぜ》だ？」

あ、しまったな、と俺は思った。

飛行機がなぜ飛べるのかなんて言い出した俺が悪かったのだろう。スイッチが入ってしまった丸の脳はいまとても激しく動いている。

つまり理屈っぽくなっている。

体育の授業の休憩時間に法律の話をしたくなるくらいには脳みそが働いている。

「ええと、何故って言われても……。それはまあ、その国なりの根拠とか歴史的な経緯とかがあるから、とか」

以前、こんなSFを読んだことがある。

流行り病《はややまい》で男の人口が極端に減った結果、女性が国を治めることになり、女性の将軍のために男性ばかりで構成された後宮が作られるっていう。つまり一妻多夫制度が採用された世界の話だった。

そういう法律が許されるのはそれが必要だった経緯があるってことだ。

ルールにはたいていの場合それなりの根拠が必要で、でなければ受け入れる側が納得しない。

「それはつまり社会のルールは絶対ではなく、状況が変わればルールは変わるということだろう?」

「そう、だね」

「では、明日から17歳以上はカジノに出入り自由になることはありえる」

「跳んでる跳んでる」

思考が冬季五輪のラージヒルジャンプくらいすっ跳んでる。

「年齢による制限ほど曖昧なものはないんだぞ、浅村《あさむら》。現にこの国だって成人年齢はちょっと前まで20歳だった。2歳も一気に下がったくらいだ」

「それはそうだけど……21歳からいきなり17歳って4歳も下がるんだけどね」

「俺が言いたいのはだな――」

言いながら立ち上がり、丸《まる》は転がってきたボールを拾い上げる。

その場でダムダムと床に打ちつけた。左右の手を交互に使って器用にボールを操ってい
る。野球部なのにバスケも得意なんて不公平じゃないか？

俺は丸につづいて立ち上がり、ドリブルしている丸からボールを奪おうと手を伸ばした。

バックステップを踏みながら丸は俺から逃げる。

「鬼さんこちら、だ。取られんよ」

「余裕の笑みをいつまで浮かべていられるか、な！　っと」

「残念残念」

フェイントをかけて伸ばした俺の手をするりと躱《かわ》して丸はくるりと背中を向ける。

大きな体そのものを使って俺からボールを隠している。

「不公平だ。ハンデを要求する」

「なにを言っとるんだ。コートに入れば対等だろうに」

「スポーツ経験者と未経験者の１ｏｎ１じゃ俺に勝ち目ないし」

「バスケは管轄外だ。俺も浅村と同じくらいしか経験ないんだがな」

「運動神経に差があるんだよ、っと――くっ！」

回り込んで取ろうとしたけれど、言葉を交わしながらも丸に油断はなく、俺の手はまた
も空を切る。

話しながらバスケをするのは無理がある。

俺は立ち止まって荒い息を整える。丸《まる》もその場に立ってボールを突きつづける。

「まあなんだ。浅村《あさむら》よ」

「うん？」

「つまり俺が言いたいのは、若者だから禁じるというのには納得できんということだ」

丸らしい理由だと思った。

「気持ちはわかるけどね」

「賭博で身を持ち崩す奴《やつ》がいるかもしれん。だが、それがいけないというのならば大人になっても禁止すべきだ。たかだか4年の差で許されたり許されなかったりするのは納得できん」

カジノ、そんなに行きたかったのか。

「飲酒や喫煙や医薬品と同じで、若いほうが影響が大きいってことじゃないの？」

「小学生相手ならわからんでもない。だがな、17歳だぞ、俺たちはもう」

言いながら、丸は前に——リングのあるほうに向かってドリブルを始めた。

そうか、つまり丸は大人扱いされたいのか。

右手と左手を交互に使いながら丸はドリブルをつづける。もうゴールまで5メートルもない。そうはさせまいと俺も必死に追いすがる。

が、追いつけそうにない。

背中へと伸ばした俺の指先がかすかに丸の背を撫《な》でたけれど、そこまでだった。

大きく足を踏み出して、1歩、2歩……。

丸は、体と腕をきれいに伸ばしてボールをゴールへと置きにいった。

見事な弧を描いてボールはリングへ。金属の輪にぶつかりさえせず、ふぁさっとネットが揺れる。

一拍置いて落ちてきたボールが、とんとんと何度か床で跳ねてから壁のほうに転がっていった。

「まあ、浅村。俺の言いたいことは、だな。17歳だったら、もう破滅も依存も全部自己責任でいいだろう、ってことだ」

「言いたいことは、わかったよ。でも、屁理屈《へりくつ》こねたところで、17歳の俺たちは、今のところシンガポールのカジノには入れないし――」

息を荒らげつつ言う。

俺は、丸がレイアップを打つときに何歩歩いたかを数えていた。

「――トラベリングは、反則」

「バレたか！」

丸が笑った。

「わかってるさ。カジノはまあ、冗談だ」

6時間目はLHRだった。

授業時間ひとつをまるまる費やして、修学旅行における自由行動の最終調整。

――と称するお喋《しゃべ》りタイムだった。

班ごとに集まって相談しているわけだが、さすがに前日になってまで延々と行動予定を決めていたりはしない。スケジュールはすでにできあがっており、今日はその最終確認といったところ。

ちなみに修学旅行の自由行動は6人ごとで班分けされている。

基本的には男子3人、女子3人の混合になっている。

「で……まあ、俺たちの予定のハイライトは2日目のマンダイの動物園とナイトサファリだな。3日目のセントーサ島は、その島から離れない限りは各自で好き勝手動いていいだろう。土産を買うもよし、ぶらぶら景色を楽しむもよし、だ」

「丸《まる》班長ナイス！　うちの班、ゆるくて助かる～」

「と、言いたがるやつを中心に集めたからな」

班長である丸がにやりと笑みを浮かべ班員たちが小さく拍手した。俺もまあそのほうが気楽だから実際のところ助かった。周りに合わせてスケジュールをきっちり守るのはあまり得意じゃない。

「あと、何か決めておくことないかな？」

「ああそうだ。スマホの設定だけは何度も見直しておけよ。あとで高額請求されたら洒落《しやれ》にならんからな。もちろん連絡はこまめに取り合うこと。集合時間は厳守な」

了解、と俺も含めて班員たちが頷《うなず》いた。

そういうわけで、俺たちの班の打ち合わせはあっという間に終わり、終業のチャイムが鳴ると、掃除の番に当たっている生徒を除けば無罪放免だった。俺はさっと鞄《かばん》をつかんで昇降口へと急ぐ。

バイトも休みを入れてあるとはいえ、忘れ物があると怖いから、さっさと帰って荷物のチェックをしておきたかった。

廊下に出る。

誰もいなかった。

どの教室からもまだ誰も生徒たちが出てきていない。

けれど、二年生のクラスが固まっているこの廊下はけっこうな騒々しさで満ちていた。声が廊下にまで溢《あふ》れだしている。みんなまだ明日からの修学旅行について話し合っているらしいと気づく。浮き立っている雰囲気を学年全体から感じる。今からここまで盛り上がっていると、明日からの修学旅行前に疲れちゃわないか？

帰宅して、旅行用に買ったトランクに詰めていた荷物を、いちどぜんぶ出して詰め直しの作業を始める。

学年単位で配られる修学旅行の持ち物チェックリストに、班ごとに作ったリストを加えたものが、丸《まる》の手によってクラウド上に共有保存されていた。

携帯片手に荷物をひとつ詰めるたびに、共有フォルダ上にあるスプレッドシートの自分の欄に、ポチポチとチェックを入れていく。

几帳面《きちょうめん》な丸の性格を反映して、チェックリストは重要度の印付きだ。

現金とパスポートと携帯の欄には最重要マークが付いていた。

観光目的の場合、シンガポールにはビザはいらなかった。パスポートだけで充分。

ただ、パスポートは有効期限切れ寸前だとアウトだ。期限が半年以上残っていなければならない。そこもチェックしておくんだぞ、と担任が言っていたけれど、そのとき頷《うなず》いていた生徒もけっこういたから、頷いていたやつらは海外旅行経験済みってことだ。

意外と多かった。俺は初海外で、初飛行機だから、落ちたらどうしようといらぬ不安を抱いているが、なんだか自分だけが周りと比べて人生経験が浅い気がしてきて妙に焦る。

またも悲観的な気分に浸りそうになって俺は丸の言葉を思い出した。

『飛行機を降りたときのお楽しみでも精々想像しておけ』

携帯で検索してシンガポールの情報を漁《あさ》る。明日のイメージトレーニングだ。準備は整え終わってしまったから後は精々こんなことでもして気を紛らわすしかない。

そのまま電子書籍を読み始めてしまって、綾瀬《あやせ》さんの声に名前を呼ばれてはっと顔をあげる。携帯の時刻を確認するともう夕食の時間だった。

ドア越しに返事をしてから俺は部屋を出た。

ダイニングに入ってテーブルを見ると、綾瀬さんが食事を並べ終わっていた。

「ごめん。本読んでて気づかなかったよ」

急いで席に座ると、温かいご飯のよそわれたお茶碗《ちやわん》が目の前に置かれた。

『Let's eat!』

綾瀬さんはいたずらっぽく微笑《ほほえ》みながらそう言った。

困惑したものの、さすがに簡単な英語だったので聞き取れた。れっつ・いーと、と言ったのだ。

「……えっと」

おそるおそる尋ねる。

「いただきます？」

ふたたび綾瀬さんが微笑んだ。

どうやら正しい翻訳だったらしい。たしか、英語には日本語の「いただきます」「ごちそうさま」にぴったり対応する言い回しはない、と聞いたことがある。『Let's eat!』は

『さあ食べましょう!』みたいなニュアンスらしい。

綾瀬《あやせ》さんは微笑《ほほえ》んだ後、日本語で話し始めた。

「ここ1か月ほど集中してヒアリングとトーキングをやってたから。ちょっと試してみようかなって」

「ええと……?」

「この時間だけ、ぜんぶ英語で話してみない?」

ああ、そういうことか。

「できるかなぁ」

『Let's try!』

うーん。でもまあ、恥をかいてもここにいるのは綾瀬さんだけだし。まあいいか。

「わ、わかった。じゃなくて、OK」

俺が頷《うなず》くと、綾瀬さんは、にっと笑みを浮かべてから、いきなり英語に切り替えた。

『Are you ready for your school trip?《修学旅行の準備はできてる?》』

一瞬たじろいだが、頭の中でひとつずつ単語を整理したらなんとなく意味がわかった。

こちらも引き出しから単語を探し出して口にする。

『Of course, I am ready《もちろん。準備はできてるよ》』

『Where are you going in free-activity time with your friends?《浅村くんたちは自由行動ではどこへ行くの?》』

『Ah……, we are going to Singapore Zoo in Mandai on the second day and Sentosa《ええと……。俺たちは、2日目にはマンダイにあるシンガポール動物園へ、3日目にはセントーサ島に》 Island on the third day.《行く予定になっている》』

　なんとか答えてみたものの。

　簡単なワードでしか返せていないし、英単語を羅列しただけでいいのか不安になってくる。綾瀬さんがゆっくり喋《しゃべ》ってくれるから聞き取ることはできるものの、話すとき、彼女に比べて自分はたどたどしい。

　言いながら気づいたけれど、現地の地名を俺はカタカナでしか覚えていなかった。

　実際の発音はどうなるんだろう？

　シンガポールの地で「まんだい」や「せんとーさ」と発音して、わかってもらえるんだろうか。例えばタクシーに乗って行き先を告げなくちゃいけないときとか。

　綾瀬さんは、それからも幾つか修学旅行に関する問いかけをしてきてから、目の前の食卓の話題に切り替えた。俺は頭を必死で働かせ、聞き取った英語を脳内で日本語に翻訳しては、英単語を羅列してそれに答えるということを繰り返す。

『Is dinner good?《夕食のお味はどう？》』

『So good! Especially this……uh……AJI-OPEN is excellent!《美味しいよ。とくにこの……アジのひらきは絶品だね》』

　ぷっと綾瀬さんが吹き出した。

「笑ってごめんなさい。でもアジのひらきを『AJI-OPEN』って！」

「だって英語でアジをなんて言うのかわからないからさ」

「アジは、horse mackerel」

綾瀬《あやせ》さんはきれいな発音でそう言った。

「ほーす・まかれる？　ほーすって、『馬』って意味の？　H・O・R・S・E？」

「そう、そのスペル。mackerel だけだと、サバのこと。horse mackerel でアジ」

「紛らわしい」

「漢字の鯖《さば》と鯵《あじ》だって外国人から見たら紛らわしいと思うけど。私たちが漢字のほうに親しみがあるだけで」

「それもそうか。もしかして、馬っぽいサバって言われると、英語圏だとアジが思い浮かぶのかな？」

いや、馬っぽいサバってなんだよって話だけど。

「そこは色々説があるみたい。私が調べた範囲だと、horse が頭に付くと〜っぽいの意味になるっていう説とか、語源はオランダ語っていう説とか、色々。どれが本当なのか私にはわからなかった」

「馬の鯖って意味とは限らないのか」

言葉って面倒だな。

面白いとも言えるけど。

「で、アジのひらきだったら、horse mackerel, cut open and dried」

「カット・オープン？　切り開くってことか。ええと、切り開いて乾かしたアジっていう感じ？」

「そうそう」

「よく知ってるなあ」

「実は、さっき味噌汁《みそしる》を温めている間に調べたの」

子どものような笑みを浮かべながら綾瀬さんは種明かしをしてみせた。

「どのみち料理関係の英語はひととおり覚えたいと思ってるし。食材とか、よく買うものとかは意識して都度都度に調べようかなって。もし外国で料理することになったら便利でしょ」

それでもふつう語源まで調べないだろって思う。生真面目だからなのか、追究癖があるのか。

「ひょっとして留学とか考えてる？」

「必要だったらするかもね。今は考えてない」

すっかり日本語に戻ってしまったので、そのまま団欒《だんらん》をつづけた。

やはり会話は日本語のほうが楽だ。

「綾瀬さん、けっこう英語の発音きれいだよね」

「そう？」

「俺のは、典型的な日本人英語だと思うから現地では通じない気がする」

それに綾瀬《あやせ》さんのほうが受け答えのテンポが早い。

旅行がまた不安になってきた。

そう言うと、綾瀬さんは思案顔になった末に言う。

「受け答え……。私は、できるだけ英語を聞いたときは英語のまま考えるようにしてるから、かな。でもそんなに悲観しなくてもいいんじゃない？」

「そうかな」

「英語は、いろいろな国の人が使っているからいろいろな訛《なま》りがあって当然、と思ってる人が多いらしいよ。心配してるほどは気にされないかも」

綾瀬さんはそう言って、明日からのシンガポールでは言葉がうまく通じるといいね、と会話をまとめた。

食後のお茶が飲み終わる。

自分の発音の拙さは気になったけれど、そこはとりあえず棚に上げておこうと思う。丸《まる》も言ってたし。精々、明日からのお楽しみでも想像しよう。

後片付けをしていたら親父《おやじ》が帰ってきた。自分の風呂は朝にするからさっさと風呂入って寝ていいよと言われ、俺たちは頷《うなず》いた。

翌日4時起きとあって長風呂もできない。

さっさと出て、湯を張りなおしてから着替えを済ませる。風呂が空いたことを綾瀬さんの部屋をノックして知らせた。

返事を確認してから自室に戻ろうとして思い出す。

そういえば親父と俺が使っているリンスはそろそろ無くなりそうだった。

わかっていれば旅行用のトラベルセットを揃《そろ》えに行ったとき、ついでに買っておいたのだけれど。

食事を終えた親父は早々と寝室に直行して寝ていたし、亜季子《あきこ》さんは既に仕事に出てしまっている。

そして明日の朝は伝えている余裕などおそらくない。

メモを残しておくか……。

付箋に用件を書いてダイニングテーブルの目立つところに貼っておく。

それから自室に戻ると、旅行先の地名の実際の発音を調べる、といったような益体もない最後の悪あがきをしていたが、途中から電子書籍を読《よ》み耽《ふけ》るという悪癖が顔を出し、そうこうしているうちに21時を越えてしまった。

明日の荷物をもういちどだけ見直して、パスポートもしっかりあることを確認する。

よし、寝よう、と思ったタイミングで部屋のドアがノックされた。

「起きてる？」

囁《ささや》くような綾瀬《あやせ》さんの声。

こんな時間に何だろうと困惑しつつドアを開ける。

「ちょっと、部屋に来てくれる？」

「部屋に？」

こくっと頷《うなず》かれ、俺は思わずドアの外に顔を出して辺りを窺《うかが》う。

「早く」

そっと手をつかまれて部屋を出る。

両親の寝室の扉は閉じたままで淡い常夜灯だけが点《とも》るリビングは静かだ。

扉の向こうのリビングのさらに向こう。

親父《おやじ》が、今頃はぐっすりと寝息を立てている。部屋ひとつと扉二枚。それだけ離れていれば大声でもあげない限りは聞こえないとは思う。思うが、両親のいるところではふたりは特別に仲の良い兄妹《きょうだい》でいよう、とも決めたわけで。

いや目の前では、だったかな。

だったら見つからなければいいのだろうか。

——付き合ってるカップルは人前でいちゃいちゃするものだと思ってないか？

そう、お互いの気持ちを確かめあったふたりとしては何もしていなすぎると、俺だって思わないわけじゃなかった。

義妹の部屋に連れ込まれた。

明かりの点《つ》いた彼女の部屋は、前と変わらずきれいに片付けられていて、入ってすぐの左手の壁には、明日の旅行に持っていくらしき赤いトランクケースが立てかけられていた。

俺が部屋に入ったところで、綾瀬さんは鍵を横に回して扉をしっかり閉めた。

あれ、と思っている間に、そのまま扉の脇に付いている照明のスイッチに腕が伸びていった。

カチッという小さな音とともに、シーリングライトは真っ暗闇の一歩手前、蛍光発光が残るだけになる。

体の輪郭だけがおぼろに見える状態で、俺は、扉を背にしたまま身構える。

吐息の音が聞こえるほどの距離だった。

「浅村《あさむら》くん」

「はい」

なんとなく綾瀬さんの言いたいことを察せてしまう。

思い出してみれば初詣のとき以降、俺と綾瀬さんはロクに手も繋《つな》いでいない。

それでも俺と綾瀬さんは家に帰れば顔を合わせることができたし、今夜のようにふたりきりで食卓を囲む機会だって多かった。

けれど、クラスが別の俺たちは修学旅行では同じ班になることもできない。明日から4日も顔を見ることさえできない、かも。

「明日から4日間、ほとんど会えないかもしれないよね。だからね……その」

言葉が、躊躇《ためら》いがちに綾瀬《あやせ》さんの唇から零《こぼ》れ落ちた。

「待って。先にいまの俺の気持ちを言っていい？」

「それなら私も」

「ええと、じゃあ、一緒に言おうか」

「うん」

ふたりしてひっそりと声を漏らした。

「キスしたい」

「キスがしたい、です」

声が揃《そろ》って、俺たちは同時にくすりと笑みを浮かべる。

こういうことって、明日からはできないものね、そうだねと、囁《ささや》きながら互いに顔を寄せていく。ふわりと、風呂上がりの綾瀬さんの体から石鹸《せっけん》の香りが漂ってきて俺の鼻腔《びこう》をくすぐった。

薄闇のなかで綾瀬さんの指先が俺の胸元に触れる。

綾瀬《あやせ》さんの髪の香りが数センチと離れていない距離まで近づいてくる。

俺は無意識に両手を彼女の肩に置いていた。

その行為は、彼女の存在を確かめるようでもあり、それ以上の体の触れ合いを恐れるようでもあり……。

綾瀬さんの手も俺の肩に置かれる。

おぼろな顔の輪郭だけを頼りに彼女の唇を求めた。

肩に置かれた手にくいっとわずかに力が籠り、指先でかすかに押された。それを合図に俺たちは互いの唇を離した。綾瀬さんが漏らした吐息に俺の脳はしびれたように凍りつく。

肩に置いていた俺の手から彼女の体が離れていく。我に返った。

「おやすみなさい」

「おやすみ……綾瀬さん」

眠れないのではないかと心配しつつ、自室に戻った俺は寝床のなかで目をつぶった。

●2月16日（火曜日）　綾瀬沙季《さき》

本鈴の鳴る10分前には自分の椅子に座っている。

私の始業前のルーティーンだった。何事もなければそのまま教科書を開き、ノートを開いて教科担当がやってくるのを心を落ち着けて待っている。中学に上がったときからつづけていることだった、
ところが高校二年になってから、その「何事もない」が、ない。

「沙季〜〜〜っ」

真綾《まあや》がこうしてやってくる。

春の頃はそれでもおずおずだったと思うのだけれど、夏を越え秋を過ぎても飽きもせず、最近ではもうこうして遠慮も会釈も斟酌《しんしゃく》もなくなってしまっている。どうしてだろう。どうしてかな。

はあ。

「授業始まるよ？」

「なに言ってんの」

「えっ」

「まだ予鈴も鳴ってないよ」

いやもう5分もすれば鳴るし、5分前だったら用意をしておかなければまずいのでは?

「なに言ってんの。わたしたち明日から修学旅行なんだよ!」

えっ、私がおかしいの。

「高校時代にたった一度しかない旅行だよ?」

「そうだね」

「楽しみでしかたないもんでしょ。じっとしてなんていられないもんでしょ。浮かれて踊りまくったっておかしくないでしょ!」

「それはおかしいと思う」

「そんなことない! ほら、沙季《さき》はもっと見て! 世界の広さを!」

言いながら真綾《まあや》が右腕をぐるりと振りまわす。私は真綾のひらひら振った手に合わせて首を巡らせた。

教室のそこかしこで生徒たちが輪を作りお喋《しゃべ》りしている。む。もう、授業が始まる時間なんだけど……。大盛り上がりをしている男女6人ほどのかたまりもあった。中心にいるのは新庄《しんじょう》くんだろうか。視線が合ったときに、こっちに向かって手を振ってきた。

そのしぐさに散歩をねだるわんこを思い出すのは何故《なぜ》だろう。

「新庄くん、班長だけに張り切ってるねえ」

「あ、そうなんだ。というか、真綾ってば、よく他の班のことまで覚えてるね」

「わたし、クラスの班分けはぜんぶ頭に入ってるよ」

それはすごい。

ロクに友達なんていないから、班分けのときにどうしていいかわからずに、真綾が誘ってくれるまでぼんやりしていた私とはおおちがいだ。

しかし、確かに楽しみではあるけれど、そんなに喜ぶほどなんだろうか。

そう言ったら、真綾が大げさすぎる溜息《ためいき》をついた。

「はあああああ」

「えっ、そんなに」

「沙季わかってる？　みんなで異国に旅行なんだよ？　非日常なんだからね。普段できない同級生との共同生活！　特別な環境で新たな恋が芽生えることも……！」

「大げさ」

「そんなことないって！　正義の味方に良心回路があるように、17歳の女子高生には乙女回路が標準装備されているはずなの！　異国で芽生える……恋！　そして別れ！」

別れるんかい。

「ゆきずりの恋なんてそんなもの。『ローマの休日』って知ってる？」

「まあ」

あらすじは知っている。名作はひととおり勉強したから。

それに芽生える恋と言われても……。旅ひとつでそういうのって生まれたり消えたりするもんなんだろうかって思う。私と浅村《あさむら》くんなんて8か月も同じ家で暮らしていて、なんだか気になって互いの気持ちを告白しあうまでに5か月。そこからさらに3か月を経ても、とくに何も変化のない状況なのに。

それどころか、むしろ私と浅村くんの場合、修学旅行の間、いつもより距離が離れてしまうのでは？

今よりもさらに距離が遠く。4日間も顔を見ることさえできないかも。

改めてそんなことに気づかされてしまい、モヤっとしたものが心の底にわだかまっていると自覚した。私の見てないところで同じ班のクラスメイトたちと楽しくしているのだと思うたびに……こう、モヤモヤモヤっと。

むう。この気持ちはよくない。よくないやつだ。

頭を切り替えよう。

修学旅行には修学旅行らしい、もっと純粋な楽しみ方があるはずだ。本来の目的である修学とは——学問を修め習うこと。

そう、修学旅行はもっとアカデミックなものであるべき。

煩悩は退散させるべし。乙女回路はスイッチオフ。学生の本分である学業へのモチベーションを保てば、モヤモヤすることもないのだ。ないったら、ない。

「沙季《さき》ぃ、『お嬢さん、お茶でも一緒に飲みませんか』って英語でなんていうの？」

え？　なにそれ。

私は頭の中で英会話モードを起動させてみた。ええと。

「……『Young lady, why don't you drink tea with me?』かな」

「ふむふむ」

「誰を誘う気なの」

「べつに誰も誘う気はないよ。でも、言われた時のために覚えておいたほうがいいかなーって。で、『すみません、待ち合わせ相手がおりますので』って断るの。きゃー！」

なにがきゃーなんだ、なにが。

真綾《まあや》の妄想は担当教諭が扉を開けて出席簿を教卓にトントンと打ちつけるまでつづいた。

最近じゃ、これが毎朝の私たちのルーティーン。


放課後になった。

バイトを入れていない私はこのまま家に帰るだけ――。

「んー……」

校門を出たところで雲の広がる白い冬の空を見上げる。

日の光は充分に残っており、夕暮れにはまだ遠かった。2月ももう半ば。これからゆっくりと昼の時間が延びていく。冬至の頃はあれほど鬱陶しく長いと思っていた夜の時間はすこしずつ削れていく。

梅が咲いて桜が咲いて、そうして私たちは高校三年――受験生になる。

明日からの修学旅行が終われば、春からはよりいっそう勉強に身を入れなければならなくなるだろう。今年は夏にプールなんて行けないかもしれない。

映画とか。

ウィンドウショッピングとか。

勉強に追われてできなくなるのかな。

「だって受験生だし」

思わず言葉になって零《こぼ》れる。

そして、そんなことを考えた自分に気づいて、私は反らしていた首を戻して溜息《ためいき》をついた。

誰かと遊びに行きたい、とか、前はそんなことを考えるような自分ではなかったと思うのだけれど。真綾《まあや》の影響だろうか。それとも。

ぶるんといちど大きく首を振る。

なんだか気分が沈む。明日から海外旅行に行けるんだなんて気持ちになってない。

私は通学路となっている通りを見つめ、通行人の邪魔にならないよう道の片隅に寄った。

鞄《かばん》から携帯を取りだす。地図アプリを開いて現在地を表示させる。

んー……。

明日から海外……海外ね。

検索窓に『大使館』と打ち込む。

様々な国の駐日大使館の位置が地図アプリ上に表示された。

「あ、近くにある」

現在地からそこそこの距離に表示されていたのが『駐日デンマーク大使館』。

クリックして経路を確認する。渋谷《しぶや》駅に近い学校からだと、八幡《はちまん》通りを経由して徒歩で十数分、距離にして1キロちょいと表示される。歩けない距離ではないし、方向としては、自宅のマンションからさほど離れていない。

まあ気分転換にはなるか。

大使館に行って、海外旅行気分を盛りあげよう、とまでは思っていないけれど。

どっちかっていうと予習？

予習で行くなら『シンガポール大使館』じゃないの？　と真綾がいれば突っ込んでくるところだろうけれど、そっちはここから徒歩で1時間以上かかるらしい。さすがに気軽に散歩で行ける距離じゃない。

なので行先は『駐日デンマーク大使館』で。

自宅となっている浅村《あさむら》家のマンションへの道を逸《そ》れて、私はまずは南にある八幡《はちまん》通りを目指して歩き出した。

首都高渋谷《しぶや》線を越えてさらに先へ。

渋谷近辺に長く住んでいるとはいえ、通りのすべてに精通しているわけではないから、こまめに立ち止まっては地図アプリをチェックする。

八幡通りにぶつかったら、さらに南へ。幅の広い旧山手《やまて》通りと合流するまで歩く。

そこから少し渋谷側に戻ると目指していた大使館があった。

煉瓦《れんが》色の建物だ。

窓の数からすると3階建てに見える。通りに面した側がわずかに湾曲していて、切れ込むように車の出入りするスペースがある。

『デンマーク大使館』

日本語でそう書かれたロゴの上に『ROYAL DANISH EMBASSY』の文字。わからない単語を見つけたらその場で携帯で調べる。ふむ。直訳すると、デンマーク王国大使館、かな。

そうか、デンマークって王国だっけ。

ロゴの上に紋章が掲げられている。

縦長の赤い楕円《だえん》の中に王冠と盾。王冠！　ほんとに王国なんだなあと、そんなところで感心したり。

世界は広くて多様だ。

近所でお手軽海外気分を味わってしまったけれど、気づけば、なんだかすれ違う人たちがちらちらと自分を見ているような。確かに用もないのに大使館の建物をじろじろ見ているだけなんて不審な行動かもしれない。

大使館を見上げるのをやめて振り返った。

通りの反対側を眺めると、喫茶店を併設している全国チェーンの本屋が見える。ベンチもある。少し休憩してから帰ろうか。そんなことを考えつつ横断歩道を探して道を戻る。

大使館の近くだからか、行き交う人たちの中に外国人の姿を多く見かけた。日本人と外国人という取り合わせで歩いている男女も普段より目につく気がする。

渋谷の繁華街を歩いていると時々見る光景ではあるけれど、少しだけその頻度が高いような。言葉も風習もちがう相手とお付き合いするってどういう感じなんだろうか。そんなことを考えて、いやでも別に関東と関西だって言葉も風習も違うし、とも考える。行き来が盛んになれば自然と発生することではあるかも。

そもそも人はみんな違うんだし。多くの共通点をもつ私と浅村くんだって、たくさんの相違がある。目玉焼きの食べ方とか。

『Excuse me』

そんな声が聞こえてきて、ああ、英語だな、とまず認識した。すぐ近くで繰り返されてひょっとして自分に掛けられた声かと気づいた。

振り返ると、太一《たいち》お義父《とう》さんと同じくらいの歳《とし》の背の高いブロンドの男性だった。薄茶のサングラスを掛けている。

見つめ返していると、重ねて英語で何事かを尋ねられる。

ちょっと早口だったので戸惑ったけれど、私が眉を寄せて考え込んでいるのに気づいたのだろう。すこしゆっくりと話してくれた。彼の英語を頭の中で即座に和訳する。

『大使館に行きたいのですが』

調べたばかりの『EMBASSY《大使館》』の単語が出てきたのでピンときた。このあたりに大使館はひとつしかない。

『デンマーク大使館ですか？』

『ああ！　はい、そうです。ご存じですか』

『案内します』

言いながら、もういちど先ほど訪ねた場所へと歩きなおした。

大使館の前まで案内すると、何度も感謝の言葉を言われた。そこまで大げさにお礼を言われるようなことはしていないのだけれど。それよりも道々話した私の英語はちゃんと伝わったんだろうかと不安になる。

『日本人英語の発音でわかりにくかったらごめんなさい』

別れる前にそうすまなそうに言ったら、驚いたような表情になった。

『え？　そんなこと全然ないよ』

『そうですか？』

『とても丁寧に話してくれたから聞き取りやすかった。それに、英語はとてもたくさんの国で使われている言葉だからね。同じ英語でもいろいろな訛《なま》りがある。慣れてるから平気だよ』

日本人っぽいカタカナ発音英語も、そんな訛りのひとつでしかないし、謝るようなことじゃないよ、と。フォローまで入れてくれるのだからブロンドさんは紳士なのだった。

紳士と別れてから家路に就きながらしみじみ思った。いざ交流してみないとわからないことは多いなって。

経験は最良の教師、とはよく言ったものだ。

新しい地を旅する経験それ自体が学びになるから修学旅行ということかもしれない。

なんとなく明日からの旅行が楽しみになってきた。

マンションに戻ると、もう浅村《あさむら》くんは帰宅していて明日の準備をしているようだった。

私も旅支度をしなくちゃ。といっても、昨日まででほとんど済ませてあるから見直すだけだ。終わったら晩ご飯にしよう。

娘と息子（私と浅村《あさむら》くんのことだ）が初めての海外旅行とあって、今日の晩ご飯も明日の朝もお母さんが作ってくれることになっている。

荷物の確認をしてから、私は浅村くんに扉越しにご飯だよと声を掛けた。

今行くと声が返ってくる。

浅村くんが部屋から出てくる前には母の作り置いてくれた晩ご飯は並べ終わっていた。

炊飯ジャーからご飯をよそうと、私は浅村くんの前に置いた。

そして、ふと思いついたことを試してみる。

『Let' s eat!』

私にそう言われて、浅村くんは目を白黒させて戸惑った。

「えっと……いただきます？」

ちゃんと通じてよかった。

私は、帰宅途中のあの紳士さんとの英会話が成立したことでちょっと浮かれていたんだと思う。

「ここ1か月ほど集中してリスニングとスピーキングをやってたから。ちょっと試してみようかなって」

そう言って、晩ご飯のこの時間だけ会話を英語にしてみないかと提案してみた。

浅村くんも乗ってくれて、そこから英語に切り替える。

ただ、いきなりそんなことを言われても私だってすらすら会話できるわけじゃない。発音だってやっぱり自信ないしね。だから話題は修学旅行に絞ってみた。

どこへ行くの？　何をする予定なの？　楽しみにしていることは？

返ってきた答えを聞いていて、思いがけず私は明日からの浅村くんたちの班行動に詳しくなってしまった。しかも、いくつかの場所は私たちの班も訪れる予定で、意外と似たような行動をしている。

ふと、頭を過《よ》ぎったのは一緒に回れたら楽しかったろうなってこと。

ちょっとつまんないかも。

だって私は明日からしばらくの間、浅村くんとこうして食卓を囲むことはないんだ。ただでさえ、バイトの時間が重ならなくなっていたところなのに。

集合場所の成田《なりた》まではふたりで行くことになっているけれど、空港に着いたら別れなくちゃならない。違うクラスの違う班だから。

4日も顔を見ることができなくなってしまう。

私は話題を修学旅行から今日の晩ご飯へと切り替えた。

そうしたら浅村くんったら、わからなかった言葉を無理やりな英語で話してきて……笑ってしまった。

そこからはふつうに日本語に戻した。

私が笑い過ぎたからだろうか。浅村《あさむら》くんは自分の日本人発音が気になると打ち明けてくれた。内心で、あっと思う。まさにあの紳士さんと話していたときに私が気にしていたことだったから。

浅村くんと私は同じことを同じように心配していたんだ。

だから私は受け売りだったけれど、まさに今日の帰り道で言われて気が楽になったことを浅村くんにもそのまま話してみた。

英語圏の人たちって、多言語訛《なま》りの英語に慣れているからだいじょうぶらしいよ、と。

もちろん日本語だって方言が強いと聞き取れないことはある。紳士さんも『丁寧に話してくれたから聞き取れた』って言っていたわけで、だから肝心なのは丁寧に話すことなんだろう。浅村くんならそのあたりはだいじょうぶだ。

明日からの旅先でも、今と同じように気楽に話してみればいいんじゃないかな、って励ましてみる。

私もそうしてみるから。

後片付けはふたりで済ませる。

部屋に戻ろうとしたところで、太一《たいち》お義父《とう》さんが帰ってきた。

「ご飯、温めましょうか？」

「明日から修学旅行でしょ。準備して早く寝たいだろうし、気にしないで」

そう言って微笑《ほほえ》む。

「えっと……あの、ありがとうございます。甘えさせてもらいます」

「うん。それよりふたりとも明日はほんとに4時に起こせばいいんだね」

私も浅村くんも同時に頷《うなず》いた。

もちろん自分たちでちゃんと起きるつもりではあるけれど。それに、母の帰りも同じくらいの時間になるはずだし、たぶん寝過ごすことはないと思う。

でも、太一お義父さんは私たちのスケジュールを聞いて、起こしてあげると前から言っていてくれたのだ。万が一にも遅くなったら車で駅まで送るとも。

太一お義父さんは、自分は風呂を朝にするからと、私たちに早く就寝するようにと繰り返し言ってくる。

浅村くんはそのまま風呂場へと直行した。

私は部屋に戻って持ち物の最後の確認をする。パスポートもある。真綾《まあや》がわざわざ作ってくれた私たちの班だけの『旅のしおり　同人版』も入っている。

……同人版ってどういうこと？

改めてコピー紙を綴《と》じて作った栞《しおり》のタイトルを見て首を傾《かし》げる。まあ、いいか。真綾だからきっと何かの冗談なんだろう。

うん、だいじょうぶ。忘れ物はない。

浅村《あさむら》くんの後にお風呂をいただいた。

布団を掛けてベッドに横たわる。目を瞑《つぶ》っていると、瞼《まぶた》の裏にさっきの浅村くんとの英語でのちょっとおふざけのようなやり取りが浮かんできた。

あじのひらきを AJI-OPEN って！　笑うしかないでしょう、あれは。

くすっと、明かりを消した部屋の中で笑みを零《こぼ》す。

些細《ささい》なやりとり、いつもの。わずかな言葉の往復だけ。なのに思い返してこんなに胸を温かくしている自分がいる。

そうして同時に思い出してしまったのは、明日からしばらく顔を合わせることもできないという事実だった。

最近、浅村くんとスキンシップを取ってなかったなと思い出す。スキンシップというのはつまり、抱きしめたりキスしたり……。

私と浅村くんが一緒にいるときはたいてい家の中だから、つまり両親のどちらかがいることが多い。

両親の前では特別に仲の良い兄妹《きょうだい》まででいようと決めた。

約束したときには、私の気持ちはそこまでどまりだったとも言える。

けど——これから修学旅行で3泊4日。彼と会えない。触れ合う機会なんて見つけるほうが大変だろう。

修学旅行の班は基本が男子3人女子3人の6人組。

浅村くんには同じクラスの女子がたぶん3人ほど入っていて、一緒にシンガポールを回れるんだ。そこに私はいない。

布団を剥《は》がして起きあがり、私は部屋着を上からしっかりと羽織った。風呂上がりだから温かい恰好《かっこう》をしていないと風邪を引くのが怖い。

そろりと扉から顔を出して気配を窺《うかが》う。

浅村くんの部屋へと向かい、小さくノックして彼を自分の部屋へと呼び出した。

ドアを閉ざし、明かりを消した。

互いに意思を確かめ合う。キスしたい。ふたりともYES。

自分から声を掛けている時点で、自分の欲求の解消に浅村くんを利用してしまっているのではないか、そんな罪悪感を覚えたけれど、顔を寄せ合ったときにはもう引き返すことはできなくて。

彼の両手が私の両の肩に置かれる。

手のひらを通して感じる浅村くんの温《ぬく》もりが安心感を与えてくれた。私も同じように彼の肩に手を置く。浅村くんのほうが背が高いから顔を寄せるとほんのすこし踵《かかと》が浮いた。

合わせた唇を通して浅村《あさむら》くんの熱を感じる。

思わず指先に力がこもって、その瞬間に彼の顔が遠ざかった。

唇に残る感触が淡く消えていく。

名残惜しい気持ちと裏腹に言葉は零《こぼ》れる。

「おやすみなさい」

「おやすみ……綾瀬《あやせ》さん」

浅村くんは自分の部屋に戻っていった。

自らの唇に触れながら、私は心の中のモヤっとした気持ちが完全には消えていないことに気づく。私、どうしちゃったんだろう。

3泊4日もの間、別行動で耐えられるのかな……。

●2月17日（水曜日）修学旅行1日目　浅村悠太《ゆうた》

夢の向こうから響いてくる音に暗い部屋の中で目を覚ました。

セットしたアラームが鳴っていた。慌てて音を止め、部屋の明かりを点《つ》ける。

布団から伸ばした腕は冷たい。真冬の午前4時。まだ日の出まで2時間以上もあった。

だが成田《なりた》空港集合は7時だ。

家を5時には出ないと間に合わない。

けど、寒い。

余裕のある時刻にセットしたのだから、ゆっくりでもだいじょう……ぶ。

部屋の扉が叩《たた》かれる。親父《おやじ》の「起きてるか」の声にはっとなる。

あぶない、二度寝するところだった。

「起きてる！」とだけ叫び返した。

急いで着替えを始める。

洗顔のために洗面所へと飛び込んだときに綾瀬さんとぶつかりそうになった。

もうしっかりメイクまで整えていた。さすがだ。おはようの挨拶だけを交わしてすれちがう。

洗顔と歯磨きを5分ちょうどで終わらせた。

食卓に座ったのが4時半きっかり。どうやら間に合いそう。

帰ってきたばかりの亜季子《あきこ》さんが、仕事着のまま朝ご飯の用意をしてくれていた。

「お母さん、寝なくてもだいじょうぶ？」

綾瀬《あやせ》さんの問いに亜季子さんが微笑《ほほえ》みながら答える。

「だいじょうぶ。あなたたちを送り出したらたっぷり寝るもの。それより、3日も会えないんだもの、見送りたくて早めに帰ってきたのよ～」

そう言ってから、テーブルの上に用意した大皿をぐいっと俺たちのほうへと押してくる。

皿の上には海苔《のり》を巻いたおにぎりが10個近く並んでいた。

「はい。手で簡単に食べられるように、おむすびにしておいたわよ。おかずはぜんぶ中に入れてあるから。お味噌汁《みそしる》は今もってくるわね」

「ありがとうございます」

「ありがとう、お母さん」

俺と綾瀬さんが同時に礼を言って、同時に食べ始めた。

早起きしてきた親父《おやじ》が、欠伸《あくび》を噛《か》みころしながらテーブルの向かいに座る。

「間に合いそうかい？」

俺と綾瀬さんはこくこくと首を縦に振った。

おにぎりを頬張《ほおば》り、味噌汁を飲む。

俺たちは渋谷《しぶや》駅を5時半に出る外回りの山手線に乗るのが目標だった。

朝食を食べ終え、もういちど荷物の確認をして、行ってきますの声もそこそこに家を飛び出す。

「慌てるなよ」「気をつけてね～」と聞こえてくる親父と亜季子さんの声に背中を押されつつ、エレベーターに乗り込んだ。

携帯を取り出して時刻を確認。5時ぴったり。これなら余裕で間に合う。

下降するエレベーターの中で俺と綾瀬さんはほうと息を吐いた。

重たいトランクを引きずりつつ渋谷駅まで歩き、乗り込んだ電車の中で互いに顔を見合わせる。

「間に合いそう？」

「だいじょうぶ、だと思う」

綾瀬さんの問いに俺は携帯で時間を確認しつつ答えた。

乗り換えは日暮里《にっぽり》で1回だけだし、時刻表通りならば6時40分頃には成田《なりた》空港の第2ビル駅に到着しているはずだ。集合時間は7時だから間に合う、はず。

夜も明けてないこの時間だと電車も空《す》いていた。

レールから伝わってくる震動に体を揺らしながら俺と綾瀬さんは並んで腰かけていた。

普段のように時間をずらして他人のフリをすることをしていないのは、初の海外旅行でそこまでの余裕がないこともあるが、もう兄妹《きょうだい》であることまではバレてしまっても構わないと俺たちが思ってしまっているからだろう。

　それ以上の関係であることさえバレなければいいと。

と、そんな風に言い訳をして一緒に行動している時点で、俺たちはもうこのときにはある種の予感めいたものを感じていたのかもしれない。

　空港駅に電車が滑り込む。

　俺たちはトランクを転がしつつ集合場所へと急ぐ。長いエスカレーターを乗り継ぎ、白い照明を返して輝く床をせっせと蹴りつけて、指定されている団体待合室へ。

　遠目から、見慣れた制服を着ている集団が見えたところで俺たちは別れた。

　バレても構わないとは思うが、積極的にバラすことでもない。

　綾瀬《あやせ》さんの背中が遠ざかる。

　俺はすこしその場に留《とど》まってからゆっくりと後を追った。

　水星《すいせい》高校二年の集団はクラス毎《ごと》に縦に列を作っており、その列の後ろのほうに大きな体の男子がひとり見えている。

　丸《まる》だ。近づいていく俺に気づいた丸が片手をあげてこっちだと手を振った。

「おはよう、丸」

声を掛けながら丸の後ろに並んだ。

「おう！　遅かったな」

「まだ充分時間あると思うんだけど」

答えたら、団体待合室の外を指さされた。

「なにを言ってる。いったい何機の離陸を見逃したと思ってる」

空港に男心をくすぐられた丸がはしゃいでいる。

「まだ夜も明けたばかりだけど、いったい何を見てたの？」

「浅村《あさむら》、夜の空港の美学がわからんとは。地上に灯《とも》る誘導灯の２本の列がクリスマスの飾りのように連なる中、走りながら徐々に機首をあげ、飛び立つ飛行機の翼端灯と尾灯の織りなす光の粒が虚空に小さく消えていく。そんな美しい光景が繰り広げられていてだな」

「詩人だね。というか、そんなの見えたんだ」

「列を守っていたから見てはいない」

なんだそれ。

「ところで『エアポート'75』って映画を知ってるか？」

「知らないかな。空港が舞台の映画？」

「操縦士が事故で飛行機を操縦できなくなって墜落しかける映画だ」

「やめて」

飛行機に乗る前にそんな話はしないでほしい。

その後、学年主任の教師が何度も繰り返された注意事項を語って聞かせ、俺たちは遂《つい》に搭乗へと動きだした。近年になって念入りになった検疫を通り、流れるように空港の中をあっちからこっちへと引っ張り回される。チェックを受けた大荷物を積み込みのレーンに載せればゴトゴトと運ばれていった。これで現地で受け取るまではお別れだ。

ロストバゲージ――積み込んだはずの荷物が受け取れない、つまり紛失してしまうことだけど――に遭わなければいいんだが。

って、どうも俺は今回の旅行に対してだいぶ神経質になっているようだと改めて自覚してしまう。まあ、初の海外旅行だしな。飛行機にも乗るし。

チェックインを済ませたところで空港の時計は8時を指していた。

離陸1時間前だ。

手荷物をX線検査装置に通し自分たち自身も金属探知機を通り抜ける。靴を脱ぐのが地味にめんどくさい。これ、履くのが大変な編み上げブーツのまま海外に行きたい人は困るんじゃないか？　なんでそんな自分が一生履かないだろう靴を履く人のことまで心配してるんだって話だが。

搭乗ゲートを目指して水星《すいせい》高校二年が歩きだした。人数が多いから、歩みものろのろ。

しかし確実に俺たちは飛行機を目指して進んでいる。この制服集団のどこかに綾瀬《あやせ》さんもいるはずだけれど、クラスが違うとさすがに見つけられなかった。

「やっぱりでかいなぁ」

隣を歩く男子——この修学旅行で班行動を共にするクラスメイトのひとり、吉田《よしだ》の声に反射的に顔を壁のガラス窓のほうへと向ける。

今日の日の出は6時半頃。つまり夜明けから90分が経過していて、すっかり外の景色が見えるようになっていた。

大きなガラス窓の向こうに広がるタキシーウェイ。

空を飛ぶ飛行機が地上をゆっくりと移動している姿には違和感を覚えてしまう。

間近に見える一機は思い描いていたものと姿形は同じでもスケール感が違った。たしかに丸《まる》の言う通りだ。単純にでかい。胴体の下のほうを歩いている作業員がまるでケーキに群がる蟻《あり》のように見えた。

その感想を口にしたら、吉田が興味深げに訊《き》いた。

「ケーキって。腹でも減ったのか？」

「想像しただけだよ。規模感はそんなところかなって」

「浅村《あさむら》、おもしろい表現するよなぁ」

「そうかな。自分ではふつうのつもりなんだけど」

同じ班になるとわかってから吉田と会話することが増えて初めて気づけたことがある。

どうやら会話の中で比喩表現を使うのはあまり一般的ではないらしい。

丸《まる》や読売《よみうり》先輩といった友人と呼べる距離にいる人間はことごとく俺よりも衒学《げんがく》趣味で、ごく自然に似たような会話をしてきた。義理の妹となった綾瀬《あやせ》さんも国語こそ苦手だったけれど、どちらかといえば論理的な思考をするタイプで、話し方や話す内容は俺のそれと似た方向性だった。

むしろ俺にとっては、比喩の通じにくい吉田《よしだ》のほうがよっぽど特殊に思えるけれど……それはきっとお互いさまなんだろう。いずれにしても普段だったら接することのほぼない相手だけれど、せっかくだしこの機会によく知らない相手と話す経験も積んでおこうと思う。海外で外国人と話すかもしれないと考えたら、ぜんぜんハードルが低い。

「荷物は上のようだな」

丸に言われて見上げると、座席の上に荷物置きがある。電車のようなパイプ棚ではなく、ドア付きのロッカーのようなやつだ。取り出すのが面倒くさいタイプだった。これって飛行機が揺れても落ちてこないように、かな。

落ちてくるほど揺れるってことかと脳裏を過《よ》ぎったが、頭を振って思考を切り替えた。飛んでいるとき、この荷物置きを開けさせてくれるんだろうか。ダメな気がする。携帯とか酔い止めとか必要そうなものは、手元に置いておきたいのだが……っと、そうか。ボディバッグがあった。

観光の際は両手を開けられたほうが便利と、ガイドブックに書いてあったのだ。ホテルに着いてから詰め替えるつもりだったけど。

丸が肩をつついてくる。

「おい。荷物入れてやるから渡せ」

「ごめん、丸。ちょっと待って」

身の回りの品だけを、取り出したボディバッグに移し替える。こうすれば飛行中に荷物置きを開けずにすむだろう。周りを見ると同じようにしている姿がちらほら見受けられた。

移し替えてからバッグを頭上の荷物置きに上げてもらった。

席に座って、ボディバッグを膝の上に置いた。

はあと息をついてから俺は座席に深くもたれると、窓の外を見つめながら耳をすませた。

クラスメイトたちのざわめきに混じって絶え間なく聞こえてくる小さく唸《うな》る音はエンジン音だろうか。大きな機体がずっとふるえているような気がする。鉄の塊をここまで揺らせているのだとしたら、その力たるや、さぞ大きいものなのだろう。

大きな鉄の機体――ほんとに空を飛ぶのかこれ？

改めて、飛び立つの怖いなぁと思う。いっそもう目を閉じて寝てしまおうか。

機内に表示されている時刻を見る。まだ離陸時間まで15分以上もあった。それだけあれば睡眠不足のいまなら寝てしまえるかも。

ボディバッグから携帯を取り出しながらそんなことを隣の丸《まる》に言った。

「もったいないぞ。初めて見る景色なら、見といたほうが後悔せずに済む」

「見て後悔する場合もあるんじゃ」

「初めてってやつは大事にしたほうがいい。アニメだって小説だって、そうだろう？」

それはあるか。

結末にどんでん返しやサプライズのある作品の場合は衝撃を感じるのは最初の1回だけになるもんだし。

「慣れてしまえば飛行機の離陸など似たり寄ったりに思えてくる。窓の外の景色も成田《なりた》と羽田《はねだ》でさほど変わらん」

「そうなの？」

「だと思う」

おいおい曖昧だな、と思い。そしてその、大雑把《おおざっぱ》に同じだとして見なしてしまって関心が薄くなることそのものこそが「慣れ」の正体なのだと気づいた。

ちょっとおっかない。

本当は毎回すこしずつ違うはずだ。朝の離陸には朝なりの、夜の着陸には夜なりの雰囲気が、景色が、体験がある。今日のように晴れた空の下を飛び立つのと、悪天候ぎりぎりで飛び立つのだってちがうだろう。

それこそ自分自身だって日々変わっていて、周りを見る眼差《まなざ》しそのものが変化しているわけで。毎回、ちがうはずなのだ。

それでもいつかは変化に鈍感になって、あれもこれも結局は同じじゃないかと言い出してしまうのだとしたら、「初めて」はたしかに大事にしたほうがいい。

機内アナウンスが流れ、いよいよ離陸となった。

色々と言い訳を積み重ねたあげく、俺はしぶしぶと恐怖に抗《あらが》い、窓の外を見やる。

翼のやや後ろに位置する席だから前のほうが見づらいけれど、どのみち飛行機の窓は小さいから、よほど顔を押しつけないかぎり見える景色は変わらない。

動きだしは自動車に乗っているのと大差なかった。

圧倒的に視線が高いだけだ。

遠くを囲む森や建物を見ていると速さも実感できない。飛行機が離陸するときの速度は時速300キロほどにもなるそうだから、つまり新幹線と同じくらい速く巨大な機体が動くわけだけれど、そこまでたいしたことは……。

ぐっ、と背中がシートに押しつけられた。

お、おお……加速した？　と思いつつ窓の外を見れば明らかに地面の流れる速度が違う。

速い速い。アスファルトの地面が溶けて流れて後方へと去っていく。

頭がヘッドレストに押しつけられる感覚と同時に視界の外が傾いた。

機首が上がったのだ。

窓の外はもう半分以上が青空になっている。

ぐぐっと背中がシートに押しつけられ、ああ、この何倍ものGをロケットに乗ったら感じるんだろうなあ、とSFの登場人物になった気分を味わっているうちに飛行機は地面から離れていた。

「下、すげえぞ」

「した？」

後ろの席に座っている吉田《よしだ》の言葉に窓の右隅に小さく見えている地上の風景に視線を注ぐ。

思わず声を漏らすところだった。

滑走路の周りの田んぼや建物がひとつひとつ判別のできないほどまで小さくなっていた。森はブロッコリーのごとく個々の木々が混ざり合い緑の塊になっていて、建物は積み木のようどころか、道路という枠線の中に敷き詰められたタイルのようだ。立体感も無くなってしまっている。

固唾《かたず》を呑《の》んで見ているうちにも地上からはどんどん離れていく。

細い道は消えてしまい、太い幹線道路だけが血管のように、あるいは葉脈のように見えている。

いきなり視界が真っ白になった。

雲の中に入ったのだと気づく。

遠くの景色は灰色の中に消えてしまい、すぐ近くの翼でさえ見えたり隠れたりを繰り返している。濃淡のある霧の中を掻《か》きわけるようにして進んでいる。それが数分間ほどつづいてから、ざばっと水面から飛び出るように雲が晴れた。

青一色になった。

傾きがやや落ち着いたけれど、まだ上昇はつづいている。

青い空の中を突き進む飛行機の窓から見下ろせば、太平洋に接するあの特徴的な海岸線が見えてきた。

地図でしか拝めない、茨城から千葉にかけての列島の輪郭、犬吠埼《いぬぼうさき》を頂点とする東に角ばった地形が上昇するにつれてはっきりとしてくる。

「地図って……ほんとうに地図だったんだなぁ」

それはたしかに初めて見る絶景で。

見ておいてよかったと思える体験だった。

「何を言ってるんだ、浅村《あさむら》」

「いやだってほら、ちゃんと地図どおりの形をしてるから」

「地図が地形を反映していなかったら、俺たちは何を信用すればいいのやら」

「体験しないと実感できないことってあるんだなって」

「いい経験だな」

「ああ。たしかに。これを見損なっていたら大損だって思う」

丸《まる》がにやりと笑みを浮かべたのが窓のガラスに反射して見えている。

うん。まあ、感謝してる。ただ――。

それはそれとして、事あるごとに機体が揺れるのは勘弁してほしかったけど。


いつの間にか寝ていて、衝撃と共に丸に呼びかけられて目を覚ました。

気づけばもう飛行機は着陸していて、滑走路の上をのろのろと向きを変えている。

「シートベルトもずっと締めたままだったが、苦しくなかったか？」

丸が呆《あき》れた顔で言ってきた。

「まあ、親父《おやじ》の車に乗るときもよくあるから平気かな。助手席で寝られるとドライバーも眠くなるからやめろってよく怒られた」

亜季子《あきこ》さんはそういえば正月の旅行でずっと親父と喋《しゃべ》っていたっけ。あれって親父に気を使ってたんだろうか。

「7時間もよく眠れるもんだ」

「そんなに寝てた？」

「ぐっすりだったな」

言われたとおりなら、自分が機内のほとんどの時間を寝ていたことになる。たしか飛行時間が7時間ほどだったはず。そう言えば昼飯を食べた記憶がない。もったいないことをしたなあ。

しかしもうそんな時間か。

携帯の時計を覗《のぞ》き込《こ》む。

15時。あれ？　出発が9時だったから……6時間しか経《た》ってない？　首を傾《かし》げてから気づいた。時計をシンガポール時間に合わせたからだ。

シンガポールと日本の時差は1時間ある。

日本だったらもう16時で夕方になっている。けれど、飛行機は西に向かって飛んだからまだ日差しが充分に残っていた。

たしか、シンガポールの2月は最高気温は30度を超えるとか。

分厚い航空機の窓からでは日差しの強さまではわからないけれど、真冬の日本からだから、かなり暑く感じるかも。

シートベルトが外せる表示になり、俺は軽く腰をあげてまわりを見まわした。

みんなも降りる準備をしている。通路側の座席だったクラスメイトたちが立ち上がって荷物置きからせっせと手荷物を下ろしていた。

「ほら、丸《まる》、浅村《あさむら》、おまえらの」

通路側のほうから順に下ろしてくれたスポーツバッグを俺たちも受け取った。

「おう」

「ありがとう」

ゲート脇に立って見送ってくれたキャビンアテンダントさんに感謝を伝えつつ俺たちはぞろぞろと空港へと這《は》い出《だ》してきた。

シンガポール・チャンギ国際空港――。

現地の午後3時に降り立った俺たちを出迎えたこの空港と、飛び立った成田《なりた》空港との差がどこにあるか。

空調の効いた機内から空調の効いた空港施設へと、移動した瞬間にはわからなかったのが正直なところだった。きれいな近代的なビルの中、ほんとうに海外まで来たんだろうかと戸惑った。

大きな窓の外に見える風景の、陽《ひ》ざしがやや強そうに感じるくらいか。

「ここ、シンガポールだよね」

「なに言ってるんだ、浅村」

「でも……」

「日本語がないだろ」

あ――。

言われてようやく実感する。成田空港も様々な言語で案内表示がされていて、多国籍感に溢《あふ》れていて、さすが国際空港だなと思ったものだけれど、日本語が見当たらないということはなかった。

けれど見える景色の中にぱっと見て日本語が見つからない。

見えている範囲では英語がいちばん多い気がした。次が中国語か。このふたつが目につくのは国際空港だからというのもあるが、シンガポールの公用語が英語・マレー語・中国語・タミル語であることも関係しているのかもしれない。まあ、アルファベットと漢字以外の文字に馴染《なじ》みがなさすぎて視界のなかで認識できてないってのもあるか。

「なんか、ようやく海外に来たなって気がしてきた」

素直な感想だったのだけれど、丸には変な顔をされた。

今さらか？　みたいな。

旅立ったときと逆の手順を踏んで、俺たちはチャンギ空港の待合所にいちど整列してから担任の先導でホテルへと移動することになった（ちなみに大荷物はロストすることなく全員が無事に回収することができた）。

空港からバスに乗って海岸沿いの道を20分ほど走る。

着いたホテルは2棟建ての大きなもので、男女で別の棟を割り当てられている。1部屋に3人ずつ。俺は丸《まる》と吉田《よしだ》と一緒だ。班分けが男女3人ずつを基本にしているのはホテルの割り当てと被《かぶ》らせることができるからという理由もあった。

バスからホテルへと移動するときに初めてゆっくりと外の空気を吸うことができた。

国にはその国特有の匂いがあるという。

たとえば、長く海外に住んでいてから日本に戻ってきた人は、日本の匂いとして醤油《しょうゆ》や味噌《みそ》を感じるらしい。

ただ、初めて訪れた国の空気の匂いが何に起因するのかまでは異国人には特定はできない。母国とは何か違うなと感じるだけだ。しかも嗅覚は五感としてはいちばん馴化《じゅんか》の早い感覚器官だから、あっという間に馴染《なじ》んでしまって気にならなくなる。

ホテルの部屋に着いた。

荷物を置き、小さなボディバッグに必要な小物だけ移し替える。

「フリーWi－Fiの登録はしておけよ」

丸に言われ、吉田が慌ててどうやるんだっけと聞いている。

「しおりを読んでおけと言ったろうに」

呆《あき》れたような丸の言葉に、吉田は愛想笑いで誤魔化《ごまか》していた。

俺はといえば空港に降りた時点でさっさと済ませておいた。シンガポールでは政府が無料で提供するWi-Fiネットサービスがあるのだ。たいていの公共施設で使えるらしいから、俺たちのような旅行者は真っ先に設定しておくべきだろう。

「さて、と。そろそろ行くぞ、吉田、浅村《あさむら》」

班長である丸に促され、俺たちはロビーに降りる。水星《すいせい》高校二年の集団を見つけ、次にクラスの集まりに加わり、班ごとに分かれた。

教師たちからホテルの夕食の時間について口を酸っぱくして繰り返され、戻ってくる時刻を厳守するよう告げられる。

浮かれている生徒たちの何人の耳に届いたのか怪しいところだが、しおりにもちゃんとタイムテーブルは書いてあるから問題ない、たぶん。

それに1日目は完全な班行動ではなく、大きく3つほど学校側が選んだ目的地から選択するようになっていた。目的地が半固定のため、シャトルバスで送り迎えしてくれることになっている。

現地までバスで行って、そこからは半分自主的に行動させつつ、集合時間までに集めてシャトルバスでホテルに送り返すっていう。

班員の女子3人と合流しバスに乗り込む。

俺たちが選んだのは『シンガポール国立博物館』だ。

赴いた国立博物館は堂々とした2階建ての西洋建築物で、中央の棟にはドームのような丸屋根が付いていた。プラネタリウムか天文台か、どちらだろう？　それとも単にああいう形の部屋なのか。

建物の前に着いたときには17時になっていた。日本ならとっくに夕暮れ。けれど本日のシンガポールの日没は19時20分ほどなので空はまだ充分に明るい。

「歴史ギャラリーのほうは18時で閉館だから、そっちから観《み》て回るか」

丸《まる》のひとことで俺たちは歴史展示エリアのほうへと足を運んだ。

入り口で他の班と一緒にまとめられる。

前の観光客を送り出したガイドさんが俺たちのほうに笑顔を振《ふ》り撒《ま》きつつやってきた。

てっきり英語あたりで案内されるかと身構えていたら——。

「こんにちは。みなさん、日本からきた学生さんですよね。私の名前はワンと言います。これからみなさんの案内をさせていただきますね。よろしく」

流暢《りゅうちょう》な日本語でそう言って案内を始めた。

「どう考えても、俺たちが英語を話すよりきれいな日本語だな」

丸の言葉に納得しつつも、そこまでならまだ驚きも少なかっただろう。

俺たちへの案内を終えたガイドの青年は、次の中国から来たらしき学生集団に対して、今度は中国語で案内を始めたのだ。これには丸も思わず唸《うな》っていた。いったいあのガイドさんは何か国語を操れるのだろう。

ギャラリーの閉館時間いっぱいまで過ごしたあと、シャトルバスに乗り込むまで15分ほどの空きができる。

博物館の中庭でも見て回ろうと俺たちは歩き出した。

空が東のほうからゆっくりと藍色に変わりつつある。

刺すようだった陽《ひ》ざしも弱まっているけれど、空気の温度はいまだ高く、歩いていると肌が軽く汗ばんできた。湿度は高い。ただ不快感は日本ほどではないように思う。

同じ班の女子たちは日焼け止めは何が良いかで議論していた。

博物館の入り口の歩道と芝生の境目あたりに人だかりができているのを見つける。

なんだろうと近寄ると、歌声が人の輪の向こうから聞こえてきた。

「パフォーマーだな」

丸が言って、女子たちが近くで観たいと言い出した。

「まあ、あまり時間もないし、他をうろつくよりはいいかもしれんな」

丸班長のお許しが出て、俺たちは人の輪に割って入る。

輪の中心に居たのは、ギターひとつを抱えてパイプ椅子に腰を下ろしたまま歌う女性の姿だった。ギターから伸びるコードが小型のアンプを介してスピーカーに繋《つな》がっている。

足下には小銭を入れる箱が置いてあって、そこそこの硬貨と紙幣が入っていた。

「きれいな声……」

「美人さんねー」

女子たちの囁《ささや》く声を聞くまでもなく俺も同意見だった。長い金髪にややツリ目がちの黒い瞳は、南アジア系の顔立ちの美人だった。日に焼けた褐色の肌も健康的で、同性からも憧れられそうな強さを感じさせる。歌っている歌は英語のようだ。

どこかで聞いた歌な気もする。

「イマドキ、アコギでS&Gだと、大衆受けを狙ってるのか、我が道を行ってるのかわからんな。まあ馴染《なじ》みがあるから客は取れるか？」

丸《まる》がぼそりと言った。

「知ってる曲？」

「有名だぞ。浅村《あさむら》だって聞いたことがあるはずだ。サイモン&ガーファンクルの『コンドルは飛んでいく』。元は南米の民族音楽で、日本だと学校の下校時に流される音楽だったりもするな」

丸のオタク知識は時々妙なところまでカバーしてるので侮れない。

まあ、南米の民族音楽だということはわかった。

その女性の歌い手は、声量があり、調子っぱずれなところはない。音楽が素人の俺でも上手《うま》いな、とわかる。

最後まで歌いきった。

そして次の歌で、一転して激しいリズムの音楽になった。

「これもわかる？」

「わからん。たぶん、こっちのほうの音楽じゃないか？」

こっち、というのはシンガポールの、という意味だ。

流行《はや》りの曲というよりも、その歌にも民族音楽っぽさがあった。叩《たた》きつけるような声の圧力に押されてしまう。生命力に溢《あふ》れた、という言葉の似合う歌だった。

ギターを往復する手も先ほどより激しい。

「なるほどな。有名な曲で客を集めておいて、本命を聞かせる作戦か」

丸がどこかの軍師みたいなことを言っていた。

拍手が起こり、聞いていた何人かの人たちが硬貨や紙幣を箱に入れていく。ネットの歌い手に投げ銭を与える文化が新しく育つ一方で、こういった古くからのアナログな文化もしっかり残っているのだと改めて感じる。

「メリッサ……か？」

丸がレンズの奥の目を細めてつぶやいた。名前だろうか。

「歌っている人？」

「ああ。確証はないが」

丸《まる》の視線を追うと、歌っている女性の傍《かたわ》らに立て看板があって、上のほうに身分証らしきものが貼ってあった。名前も書いてあるようだけど、よくあんな小さいアルファベットを読めるね。

「あの身分証？」

「いや、そっちはさすがに小さすぎる。おそらく路上パフォーマンス用の許可証だろうな。やるときはああいうふうにわかるところに出しておかないと警察に捕まるわけだ。その下にも名前があるだろ」

「ああ」

立ててある看板のほうか。

もうすこし聴いていたかったけれど、バスの発車時刻が迫ってきたので俺たちは輪から外れて駐車場まで戻った。

東の空がすっかり藍色に染まるなかをホテルに戻った。

夕食の会場は4階のロビーフロアにあるレストランだ。

どちらの棟からも合流できるので、男女に分かれた二年生全員が集まっている。

バイキング形式で、日本料理もあったが、せっかくなので食べたことのないメニューを選んでみる。

充実していたのが南国フルーツだった。色味の鮮やかな、日本にはまだあまり馴染《なじ》みのない果物が多い。マンゴーはふつうに見かけるようになってきたけれど。ホテルのなかはWi-Fi完備とあって、携帯で調べつつ皿に盛ってみた。

ドーナツピーチ、ランブータン、マンゴスチン、シュガーアップル……。

こういったフルーツたちも、いずれは日本でもふつうに見かけるようになるんだろうか。

「みなさん、食べながら聞いてください。注意事項を繰り返しますが――」

学年主任の教師が声を張り上げた。

明日からは、今日のように目的地が学校側の決めた半固定の行き先ではない。自分たちで決めた班行動が中心になるから、教師たちの注意の量も多かった。

夕食後は部屋に戻り、入浴を済ませると後はもう寝るだけになる。

消灯までの時間、丸と吉田《よしだ》はホテル内の探険に出かけていった。さすがに運動部の連中は体力がちがう。

俺は疲れていたこともあって部屋に残った。

空調に体を涼ませながら窓の外の風景を眺める。

日の入りが遅いからか、まだ街の明かりも大半が灯《とも》ったままだ。

見下ろす景色は日本の都会とあまり変わりはしないのに、自分は今まさに異国の地にいる。そのことを不思議に感じる。

そういえば親父《おやじ》が言っていた。まさか自分の息子の修学旅行先が海外になるとは考えもしていなかったと。親父たちの世代ではまだまだ関東の学校では京都・奈良《なら》が定番だったらしい。

交通と通信の発達が世界を狭くしたとはよく言われるが、親父としては、自分の子どもの世代で、修学旅行先がそこまで遠くなるとは思ってもいなかったということだ。

「ということは、だ……」

もうひとつ先の世代——俺たちの子どもの世代——になると、修学旅行先がもっともっと遠くになったりするのだろうか。

海外よりもさらに遠く——。

窓の外、大きなガラスの端に昇ったばかりの月が白く見えている。

それでも——あそこが修学旅行先になるには1世代では足りなさそうな気もする。ＳＦ小説ではありふれた、もっとも地球から近い天体なのだけれど。

あるいは、こんな空想もあっさり実現してしまって「俺たちが子どもの頃は」とか自分の子どもに話すようになるんだろうか。

いやいや。俺、自分に子どもができる前提で考えてないか？

その前にやることが色々とあるだろう。色々と。

浮かびかけた妄想を首を振って打ち払うと、俺は今日の出来事を思い返した。

慌ただしい1日だった。

初めての飛行機体験も含めて珍しいことにもたくさん遭遇したし、いろいろと考えさせられることや新しい発見もあった。大人数で固まって、乗り物と建物の間を行き来していたばかりで、シンガポールという国に触れたとはお世辞にも言えないけれども。

日本とのちがいを感じたところといえば、生えている植物だろうか。花の色や形が、葉の茂りかたが、木々の枝ぶりが、日本で見慣れたものたちと微妙な差を感じる。

それが、全体的にはぼんやりとした印象の差として記憶に残っている。南国っぽいというのだろうか。

それ以外にも、空気の匂いがちがう。周りから聞こえてくる環境音が、街中を流れている音楽が、目にする看板の文字がちがう。

走る自動車や近代的な建物、テレビなどの電化製品やシャワーを見てしまうと、日本との差が見えなくなってしまうけれど。

スマホとか。

博物館に来ていたのは観光客だけではなくて、おそらくはシンガポールの人々も数多くいたはずなのだけれど、みながみな手にした携帯をカメラ代わりにしたり辞書代わりにしていたりで同じように振る舞っていて、ああ、こういうところは世界中変わらないんだな、って思ったり。今や電子通信デバイスはどこの国の人間にとっても必須らしい。

ふと自らの携帯に視線を落とした。

LINEのアイコンが目に入る。

今日の朝、空港で別れてからやはり綾瀬《あやせ》さんとはいちども会えていない。クラスが違うだけで同じ場所にいても距離が遠い。顔も見ることがなかった。

いつも見慣れている顔を見ていないだけでなんとなく物足りなさを感じてしまう。

LINEのアイコンをタップし、アプリを立ち上げる。

トークの相手一覧に並ぶ見慣れたアイコンをクリックする。出立する前に送り合った短いメッセージを見て、今この時間、綾瀬さんは何をしているのだろうかと考えた。

Wi-Fiが通っていれば高額の請求も来ないわけで、何かメッセを送ってみようかと考える。でも同時に、もしかしたら綾瀬さんは同室の奈良坂《ならさか》さんたちとのお喋《しゃべ》りタイムに突入しているかもしれないなどとも考える。

会話の最中に独特の着信音が鳴ったら目立つかもしれない。いや考えすぎか。親や友人の誰かかもしれないわけだし。いちいち会話相手の携帯のコールがひとつ鳴ったくらいで相手が誰かなんて問題になるか？

それに、と改めて前の日の綾瀬さんとのやりとりを思い出してしまう。

『明日から4日間、ほとんど会えないよね。だからね……その』

親が寝ているのをいいことに、というところに若干のうしろめたさを感じつつも、俺たちはこれからしばらく触れ合えなくなるという想像だけで我慢できなかったのだ。

だとしたら、メッセージのひとつも送らないのは綾瀬さんを寂しがらせるだけなんじゃないだろうか……。

いや、なによりも俺自身が綾瀬さんの声を聞きたい。声が聞けないのならばせめて言葉のやりとりだけでもしたい。昼間、みんなといる騒がしさに紛れている間は考えずにいられるそういう想《おも》いが、独りでいると心の奥から湧き上がってくる。

でもなぁ。同室が奈良坂さんなんだよな。

あの、異様に勘のするどい彼女だと、携帯の着信音ひとつで「ねぇねぇ、誰から？　もしかしてお兄ちゃんから？　でしょでしょ！　いや、愛されてるねー。この妹ちゃんめ！」とか、からかってきそうではある。

「ものすごくありそう……」

あの声で脳内再生余裕だった。

いやしかし。そんな理由で送らなかったというのもな。

奈良坂さんはからかいはしても、相手を悲しませるような事態には追い込まない人だとも思う。だったら、ここは——。

指をフリック入力の1文字目に滑らせようとしたまさにそのときに、がちゃりとノブが回る音がして、「帰ったぞー！」と運動部ならではの大きな声が響く。丸《まる》と吉田《よしだ》が部屋に雪崩込《なだれこ》んできて慌てた。

「たっ……ただいまっ」

とっさに俺の口から出た言葉に、丸《まる》が妙な顔をした。

「いや、ただいまは俺たちのほうだと思うが」

「ごめん言い間違えた。お帰り」

「おう、ただいま」

「浅村《あさむら》も来ればよかったのに。おもしろかったぜ、こっちのコンビニ！」

そう言いながら吉田《よしだ》がレジ袋を掲げる。

どうやら丸と吉田は、ホテルの敷地内にあるコンビニまで行ってきたらしかった。

異国に来ての探険先が世界のどこに行ってもあるコンビニとはね。

レジ袋をもったまま突き進んでくると、テーブルの上に買ったお菓子をぶちまけた。

「……日本にもあるやつだよね、これ」

「それが微妙にちがうんだよ」

丸と吉田がやや興奮した面持ちで異国のホテル探険という冒険の顛末《てんまつ》を話し始め、俺はなんとなくそのまま携帯に戻るチャンスを失った。

そのまま消灯の時間になり——修学旅行の1日目が終わった。

●2月17日（水曜日）修学旅行1日目　綾瀬《あやせ》沙季《さき》

前日の夜は眠れるか不安だった。

けれど目を閉じた次の瞬間には、もう意識を手放していた。

羽毛の布団は、ふわふわと軽くて温かで波間に漂うくらげみたいに私は夢の狭間《はざま》をたゆたっていた。夢を見たような何も見なかったような。

アラームが鳴る前に暗闇の中、目を覚ます。

かすかに唸《うな》るエアコンの音。

セットしておいたタイマーは無事に役目をまっとうして、布団から手足を出しても寒くない。これならだいじょうぶ。えいやっと体を起こした。

ふと昨夜のことが頭をかすめ、私は指先で唇を軽くなぞる。ふふっと思わず笑みを零《こぼ》してしまう。頬《ほお》が緩む。

おっと、そこまで余裕はないのだった。

さっさと着替えなきゃ。

メイクまで済ませたところで、洗面所で浅村くんとすれちがった。

ようやく起き出してきたみたいだ。寝ぼけた顔のままで、遅刻しないかとちょっと心配になる。

お母さんの作ってくれたおむすびを頬張《ほおば》り、味噌汁《みそしる》を飲む。

おむすびは美味《おい》しかったけれど、巻いてある海苔《のり》が歯に付かないかが、いつもちょっと心配になる。鏡でチェックするまでは、あまり浅村《あさむら》くんの前では大口を開けないようにしないと。

余裕をもって家を出ることができた。

渋谷《しぶや》駅からは山手線で、日暮里《にっぽり》駅で成田《なりた》行きに乗り換えれば、後は寝ていても空港まで辿《たど》りつける。もう遅刻の心配もいらないだろう。

電車の席に並んで腰かけながらそっと浅村くんの顔を覗《のぞ》くと、やたらと欠伸《あくび》を連発していて眠そうだった。

舟を漕《こ》ぎそうになるのを必死で堪《こら》えている。

なんどか肩がぶつかるたびにはっとして体を立て直していた。そのたびにごめんと謝ってくれたけれど、そんなに眠かったなら寄りかかって寝てくれてもいいのに。

こんなに朝早くなら乗客もまばらにしかいない。同じ車両のなかには見慣れた制服姿もなかったのだから。

電車は時刻表通りに成田空港の第2ビル駅に到着した。

私たちは指定された待合室まで急ぐ。

制服の集団を見かけて、浅村くんが「じゃあ、ここで」と言った。

「旅行、気をつけてね」

「お互いにね」

私は頷《うなず》いた。

浅村くんよりも先に立って、ひとりで来たような顔をしてクラスへと急ぐ。

困ったことに浅村くんとの距離が離れるほど、威勢のいい歩き方にはならなくなってしまったけれど。

だって、クラスに合流してしまったら、この先は旅行中ずっと別行動だから。

修学旅行の間、ずっと。

「いっそげー！　沙季《さき》ぃ、こっちこっち！」

ぶんぶん、と音が出るんじゃないかってくらい大げさに真綾《まあや》が腕を振っていた。

思わず笑みが漏れる。もう互いが見えてるんだから、そこまで急がなくても余裕で間に合うでしょ？

真綾の隣にいるのは佐藤涼子《さとうりょうこ》さんで、同じ班の女子の3人目だ。あとはちょっと騒がしめの男子が3人。

班の輪に混ざる前に一瞬だけ振り返ったけれど、後から歩いてきているはずの浅村くんの姿を私は見つけることができなかった。

ところで友人である奈良坂真綾《ならさかまあや》はコミュ強、いやコミュ女王だ。

友達100人できました、を素で達成してしまう女子は、実は世の中にそんなに多くないんじゃないだろうか。

しかも男女問わず、信じられないくらいに誰とでも仲良くなる。

そんな彼女が珍しいことに私の隣で今まさに男子だけを追い払っている。

「ほうら、男ども！　女子会に混ざろうとすんなー。男子は男子で楽しめー」

6人組の同じ班の男子たち3人が寄ってくるのを手を振って退け、私と佐藤《さとう》さんをかばうように仁王立ちしている。さらに同じクラスの女子たちに向かって、「旅先で浮かれる男子には要注意だよ、みんな！」と捲《まく》し立《た》て、くすくす笑いを誘っていた。これには男子たちも苦笑いを浮かべるしかない。

くるりと真綾が振り返った。

「いーい、佐藤さん。男子どもが絡んできたら、わたしに言うんだよ。きびしーく叱り飛ばしてあげるからね！」

「うん。ありがと……奈良坂さん」

佐藤さんがへなりっと眉を下げながら柔らかい笑みを浮かべた。

「沙季《さき》も！」

「まあ、だいじょうぶでしょ、私は」

私は自分が周りからどう見られているか知っている。多少は溶け込む努力をし始めたとはいえ、まだすこし怖がられている空気を肌で感じていた。攻撃力の高い恰好《かっこう》してるからね。

「油断はだめ」

「う、はい」

いきなり真面目な顔すな。驚いちゃうでしょ。

「嫁入り前の大事な体なんだから。いやわたしは婿入りしてくれても一向にかまわないけれど。紋付袴《はかま》の沙季って絶対いいよね」

「しないよ？」

なんで忠告を言ったらセットで冗談を言わないと気が済まない仕様なの？

ほら、佐藤さんも笑ってるし。

それでもその冗談のおかげで、先ほどまでの怯《おび》えた子猫みたいだった佐藤さんの表情はすっかり穏やかになっていた。

真綾の意図はなんとなく察することができた。

彼女が班長を務めるこの班には、クラスでもっとも男子を苦手とするふたり（つまりそれが私と佐藤さんだ）と、クラスでもっともお調子者の男子ふたりとしっかり男子な1名が集まっている。

いちばん浮かれて羽目をはずしかねない男子にああ言っておいて釘《くぎ》を刺し、私と佐藤《さとう》さんには安心を与えたわけだ。

まったく真綾《まあや》には敵《かな》わない。

「ごめんね、奈良坂《ならさか》さん。ほらおまえら、男子はこっちの列だって先生言っただろ」

しっかり男子に連れていかれて列が戻った。彼がいれば、あの3人組はだいじょうぶだろう。

先生たちが列を作る生徒たちの前に立って誘導を始めた。

私たちは時折り歓声をあげつつも、基本的にはおとなしく移動して搭乗手続きを始める。

現代高校生といえど、まだまだ海外旅行は初めての人が大半なので、みなちょっと緊張してる。教師たちの指示を聞く態度も真剣だ。だって、自分だけ飛行機に乗れなかったらものすごく困る。

そしてそれは私も同じだった。

飛行機に乗るまではけっこうな緊張を強いられたのだ。

それでも、乗ってしまえば、その先は国内旅行でバスに乗るのとさほど変わりはしない。

機内アナウンスが英語と中国語と日本語の3か国語で繰り返されるのは新鮮だけれども、それもよく考えてみれば新幹線の案内だって日本語と英語だし。

耳に慣れてしまえば、あとはお菓子を食べたり、お喋《しゃべ》りしたり。京都・奈良に行くのとちがいはない。男子も女子も大声で喋っては、ときどき担任に叱られるという定番の流れだった。

まあ、私はあまり目的のないお喋りは苦手なのだけれど。

これは佐藤さんも同じようで、間に真綾が居てくれるから困らないだけで、居なかったら沈黙の7時間になるところだった。ほんとにこの班でよかった。

4列シートの窓際だったのもありがたかった。会話に詰まったら、ひたすら窓の外を眺めることで時間を潰せる。

青空の下に広がる、まるで衛星写真で見たような光景に、私は自分がほんとうに海外旅行へと行く途中なのだとようやく実感する。

初めての海外。

心臓の鼓動がいつもよりも早くなっていると感じる。

携帯の時計を時差のぶんだけ調整し、旅行のしおりを読み返していると、真綾が映画を観《み》たいと言い出して、4列シートの私たちの列は映画観賞会になった。だって、ひとりが観始めるとお喋りできなくなるわけで。間に座っている真綾が映画を観てるとその左右にいる私と佐藤さんは無言になっちゃうわけで。

でも、それも真綾なりの気配りだったのかもしれない。

無理に会話をしなくていいよっていう。

機内で観《み》ることができたのは流行《はや》りらしいミステリのアニメの最新作だった。小学生の子どもがなぜか殺人事件に巻き込まれた上に事件をひとりで解決していた。凄《すご》い。荒唐無稽な気がするのに、気にならないのも含めて面白かった。

昼になったので途中で機内食を食べる。

キャビンアテンダントさんが回ってきて、そう、誰でもいちどは夢見る古めかしい定番な質問を繰り返してくれたのが個人的には嬉《うれ》しかった。

「ビーフ　オア　チキン？」

シンプルすぎて英会話とも言えない受け答えだったけれど、この瞬間、私はもっとも海外旅行を感じたと言えるかもしれない。

もちろん答えはチキンだった。だって低カロリーだし。

シンガポールのチャンギ空港に到着。

ホテルまで移動してチェックインを済ませると、私たちの班は博物館へと移動した。

ここでも私たちの班だけ、男子3人と女子3人は別々に行動していた。最初と最後だけは固まってたし、もちろん離れすぎないようには気をつけてたけど。

私以上に男子が苦手らしい佐藤《さとう》さんはほっとしていた。ゆっくりと展示を見て回れたからその点もよかった。

ただ、せっかく男女の別なく楽しませようと混合の班分けを推奨していた担任には申し訳なかったかもしれない。

ふたりだけの時に、こそっとそう言ってみたのだけれど——。

「魚心あれば水心だよ、沙季《さき》ちゃん」

そう言って、真綾《まあや》はぺろっと小さく舌を出した。

「それ、言ってみたかっただけでしょ」

策士な班長はまったく悪びれることがなかった。

ちなみに、「魚心あれば水心」という言葉の意味は、相手の出方次第でこちらの対応が決まる、みたいな感じ。この場合は、男女の別なく接することができる相手だったら一緒に回ってもいいけど、お調子者で下心の見える相手には相応の出方をするぞ、っていうことだろう。微妙にずれた使い方に思えるけど。そこは真綾だし。

残念だったのは博物館のガイドさんが日本語ペラペラだったこと。

ガイドブックを調べて英会話を叩《たた》き込《こ》んできた私の意気ごみはすっかり空回り。

まさか旅行中、ぜんぶこんな感じじゃないよね？

牛肉か鶏肉《とりにく》かに答えたのが英会話のハイライトになったらどうしよう。

ホテルに戻って夕食と入浴を済ませる。

部屋の割当は今日1日ずっと一緒だった私たちだ。つまり真綾《まあや》と私と佐藤涼子《さとうりょうこ》さん。さすがに朝から喋《しゃべ》り倒してきたから、すっかり打ち解けてしまった。1年近く一緒のクラスだったけれど、私は佐藤さんの声をこんなに聞いたのは初めてな気がする。

「ごめんね。わたし、綾瀬《あやせ》さんってもうちょっと怖い人だと思ってたぁ」

「ぜんぜんだよぉ～。こう見えても全世界のお兄ちゃんを狂わせる魔性の妹ちゃんなんだよ～。尊いでしょ」

「なんで真綾が私の代弁してるの」

「綾瀬さん、妹さんなんですか？」

どきりと心臓が跳ねる。——ちょっと、真綾！

「あ、ええとその……」

「属性だよ、属性！　いもうと属性」

「はあ」

首をかわいらしく傾ける佐藤さん。ごめんね、訳がわからないよね。でも残念だけど、私にもよくわからないんだ。

属性ってなんなの？

「世界中の女の子はふたつに分けられるんだよ。妹か、そうじゃないか」

「そりゃそうでしょう」

Ａか、Ａじゃないかって、それを言ったら、なんだってふたつに分けられない？

「ま、兄弟なんて、いると、それなりに煩《うるさ》いけどね」

真綾が言った。彼女は姉で、下に弟がたくさんいる。

「寂しくないじゃないですか」

「まあ。寂しくはない、かな。でも、いつもなら弟たちをお風呂に入れるのでこの時間は戦争だからなあ。今日は平和で心穏やかだよ～」

真綾が言って、佐藤さんが微笑《ほほえ》んだ。

ふたりのなごむ会話を耳に入れつつ、私は立ち上がり、窓に寄って夜景を眺める。

初めての海外旅行。

充実していたし、楽しかったって言えると思う。

でも、こうして一段落して落ち着くと、浅村《あさむら》くんとこういう新鮮な環境で時間を過ごしてみたいなという気持ちも芽生えていた。

今日は別れてからは、いちども会えていない。

会えないかな？

携帯で連絡を取ってみようか。

ホテルにはＷｉ－Ｆｉが完備されているし、ＬＩＮＥのメッセージを入れるくらいは問題ないと思う。

会いたい。顔を見たい。せめて声を聞きたい。

いちどそう考えてしまうと、もう気持ちが止まらなくて——。

ああ、なんで浅村《あさむら》くんはメッセージのひとつも送ってくれないんだろう。

立ち上げたアプリのトーク画面を睨《にら》みつけ、指先をフリックさせそうになる。

「沙季《さき》ぃー、ほらほら。そんなとこで黄昏《たそがれ》てないでこっちおいでー！　夜景を見つめるのは男とふたりっきりでバーで飲むときだけでいいんだからー」

「真綾《まあや》、そのイメージって、まるっきりオジさんだよ？」

ぐはぁ、と胸を押さえて真綾がベッドに転がった。

「な、奈良坂《ならさか》さん。だいじょうぶ？」

「わたしはもうだめだー。沙季に殺されたよ～。くっ、ここで食べていたポッキーを折ってダイイングメッセージを残さねば」

「え？　え？」

「佐藤《さとう》さんが困ってるでしょ」

私は苦笑しつつも、女子会に戻る。

浅村くんもこうして友達との時間を楽しんでいるのかもしれないし、私の寂しいだけで彼の会話に水を差しても……ね。

そして修学旅行1日目が終わった。

●2月18日（木曜日）修学旅行2日目　浅村悠太《ゆうた》

目を覚まして見上げる天井の色。薄緑色の天板にどこだここはと一瞬だけ戸惑い、それから自分が異国の地にいるのだと思い出した。

「そろそろメシだぞ」

丸《まる》の声に顔を横に向ける。

同室の丸も吉田《よしだ》もすでに着替えを終えていて驚く。慌てて携帯を確認した。

6時。……って、え？

出発は9時だし、朝食は7時からだし、起床予定でさえ6時半だったはずだ。

なんで準備が終わってるんだ？

「朝練があるときはもう朝食も終わっている」

「そうそう」

……この体育会系どもめ。

「浅村、探険だ、探険。朝飯前の探険に付き合え」

「……パス。先、行っててくれていいよ」

丸たちを第二次ホテル探険へと送り出し、俺はのんびり着替えと洗面に取り掛かる。

ベッドルームに戻り、充電ケーブルから携帯を外してポケットへ。ふと目に入ったコンセントの形——三つ穴のBFタイプにはっとなる。こういうところで外国に来たなと感じてしまうのだ。

そういえば初日の夜に発覚したのだけれど、何人かが変換プラグアダプタを忘れてきて、ちょっとしたパニックになった。

俺たちのクラスにも数名いた。そこでなんと丸《まる》が「こんなこともあろうかと」と言って予備にもってきていた分を貸し出した。一躍ヒーロー扱いだ。まったく用意が良いというか、危機管理がしっかりしているというか。あの予備の分ってわざわざ買っておいたんだろうか。まさかね。

食事の部屋は、夕食を食べた食堂だから迷いはしない。

形式も昨夜と同じバイキングだ。

朝はやはり軽めに済ませようと考える。トーストを中心に量は抑えた。昨晩は肉ばかり選んでしまったから、サラダをすこし多めに選ぶ。このあたりは、毎朝のようにサラダが食卓に並ぶ綾瀬《あやせ》家のメニューに慣れてしまったせいもある。

トレイに載せたまま食堂を見回すと、体の大きな丸が最初に目に入った。その隣に吉田《よしだ》がいる。

向かいあうようにして女子3人が座って食べていた。同じ班のメンバーだった。合流して、挨拶を済ませる。今日は一日このメンバーで行動するのだから挨拶は大事だ。

「あー、諸君」

食べていると、丸が片手をあげてみなの注意を促した——諸君？

「どしたよ、丸」

吉田も訝《いぶか》しげな顔をする。まあ、確かに。俺も丸が「諸君」なんて言いまわしを使ったのは聞いたことがなかった。

「いいから聴け」

「……聴くけど？」

女子3人も首を傾《かし》げている。

「2日目はあらかじめ班ごとに計画していた名所を回る」

「だな」

吉田が言って、俺も頷《うなず》いた。

女子側3人のうち、リーダー格の子が丸に尋ねる。

「わかってるけど……どうしたの、丸くん」

「そのとき偶然、他クラスの班と行きたい場所が被《かぶ》ることもあり得るわけだ。それをここで確認しておきたい」

「クラスの中だけでも、行きたいところ、けっこう被ってたもんねぇ」

「そうそ。もろ被りの班もあるみたい。りょーちゃんと一緒に回れるかもって話してたんだよね。会えるといいなぁ」

他クラスの友人から、まったく同じスケジュールでびっくりしたという話も聞かされる。

ちなみに今日の俺たちの予定は昼は動物園で、夜が動物園のお隣にあるナイトサファリの予定なのだけど、どちらもかなりの人気スポットだという話。

「うむ。人気スポットだからな。たまたま行先が被《かぶ》ることもあるかもしれない。だろ？」

周りの面々も頷《うなず》いている。

なるほど。確かにそんなこともあるのかもしれない。

しかし、なんでわざわざそんな当たり前のことをここで持ち出してきたんだろう。

「わかったか、浅村《あさむら》」

丸《まる》が俺のほうを見てにやりと笑った。

「わかったけど……」

「ならばよし」

ともあれ、9時にロビーで再集合した俺たちの班は、動物園のあるマンダイ地区へと向かうシャトルバスに乗り込んだ。ホテルのある場所から北に向かって走ること20分。その間、バスガイドによるガイド付きだった。

シンガポールの歴史や都市開発、水資源などの社会問題――それらに関して達者な日本語による説明付きである。初日も思ったのだけれど、英語を学んで来なくても理解できてしまうのは良いのか悪いのか。まあ、英語でガイドされても充分に理解できたとは思えないのでありがたいんだけど。

最初にシンガポールについてのおおまかな知識もおさらいしてくれた。シンガポールの国土面積は、東京23区よりちょっと大きいくらい。俺たちの滞在しているホテルが南に近いあたりにあり、マンダイエリアは北側にある。距離にして20キロほどで、品川駅から赤羽駅までがそれくらいだ。

みたいな話までガイドさんはしてくれた。日本にも詳しいのか、日本人学生相手だからとあらかじめ調べてきたのかわからなかったけれど、大変わかりやすかった。

そして本日の目的地が見えてくる。

シンガポール動物園——。

駐車場で降りて、入園口へ。まるで植物園じゃないかと思うほど緑が植えてあって、鳥の声が入園前からもう聞こえてくる。

丸がやたらと急《せ》かしてくる。そろそろ時間だ、と。

「たしか入園の時刻指定はなかったんじゃ……」

ショップの開いている時間は決まっているけれど、何か見たいアトラクションでもあるんだろうか。

「おー、これはこれはお隣のクラスの浅村くん！　いやあ、偶然だねえ！」

唐突に聞こえた慣れ親しんだ声に、思わず、は、と口をあけてしまった。

奈良坂《ならさか》さん……の班？　入り口付近に似たような年頃の一団がいるなとは思っていたが。

後ろに控えめに立っていた綾瀬《あやせ》さんが戸惑ったような顔をしていた。


シンガポール・ズー。アルファベットでそう書いて——いや、書いてあるわけでなく、アルファベット文字が貼り付けてある入り口前で俺は固まってしまった。

奈良坂さんの隣にいる綾瀬さんの表情を盗み見るかぎりは、彼女もここで俺と会うことは想定していなかったようだ。困惑顔だった。

そこで初めて、そういえば綾瀬さんの行先とか確認してなかったなと思い出した。

どうせ一緒に回れないのだからと、敢《あ》えて聞くこともしなかったのだ。

その一方で丸《まる》と——奈良坂さんは知っていたっぽい。

丸に耳打ちする。

「何か作為を感じるんだけど」

「無理に合わせたわけじゃないから安心しろ」

まったく安心できない笑顔で言われた。

丸は奈良坂さんのグループに一歩近づいて声をかける。

「やあ、これはこれは。隣のクラスの奈良坂さんじゃないか」

「おー、そういう君こそ隣のクラスの丸友和《ともかず》くん！　奇遇だねー」

「奇遇ですなぁ」

めちゃくちゃわざとらしい。

くるりと丸が振り返り、同時に奈良坂さんも綾瀬さんたちのほうへと振り返った。

「どうやら偶然にも、他のクラスの班と行きたい場所が被《かぶ》ってしまったようだ。これも何かの縁だから、偶然にも、できれば一緒に動物園を回りたいと思うのだがどうだろう？」

「俺はいいぜ。こういうところは賑《にぎ》やかなほうが楽しいしな！」

吉田《よしだ》が嬉《うれ》しそうにそう言った。

班の女子も頷《うなず》いている。

「ん。あたしもＯＫ。いいんじゃない。というか、けっこう他にも見た顔いるね」

照りつける太陽を避けるように、手でひさしを作りながらぐるっと見回した彼女の視線を追うと、確かにそこここに同じ水星《すいせい》高校の生徒らしき姿を見かける。

「わたしもいいよ。みんなで回ろうよ～」

「あー、りょーちゃん、会えたね！」

なんて言いながら、奈良坂さんの班の女子とハイタッチ。りょーちゃんと呼ばれたおとなしそうな女子のほうも「よかったねぇ」と言いながらタッチを返した。ということは、朝に彼女が言っていたもろ被りの友人の班というのは綾瀬さんの班だったってことか。

まあ、同じ学校のそこそこの人数が同じ場所を選ぶからこそ、ホテルからガイド付きのシャトルバスに乗れたわけだし。だからまあ、ここでたまたま綾瀬《あやせ》さんたちのグループと遭遇してもおかしくは……いや、やっぱりおかしいって。

「丸《まる》って、奈良坂《ならさか》さんと仲良かったっけ？」

「彼女は誰とでも仲がいいぞ」

それはそうなんだけど、そういう意味じゃない。

なんとなくはぐらかされた気がする。

入園チケットを購入する列に並びながら俺は重ねて丸に問い質《ただ》したけれど、丸が声を潜めつつ言ったところによれば「ちゃんと、みんなの行きたい場所を向こうの班と照らし合わせて問題がなかったから、時間帯を合わせただけ」らしい。

思い返せば、動物園でいいんだなと、やけに念を押された気がする。定番の観光地なら間違いなかろうと深く考えもしなかったが。

綾瀬さんがいないのなら、できるだけ安全牌《あんぜんぱい》の観光地を選んだほうが楽しめるだろうと思っただけだ。

「買ってくるぞ」

列の前が捌《は》けて、丸がチケット窓口に一歩近寄る。俺たちから預かった入園料をまとめて差し出し、6人分を購入した。脇で奈良坂さんも同じことをしていた。

お互い班長っぽい世話焼きはしっかりこなしているのはさすがだ。こういうところは気の回らない自分と比べて素直に尊敬してしまう。

チケットを配り、さあ入園となる。

余計なお喋《しゃべ》りをしている余裕はなくて、12人に増えた俺たちのグループはまとめてシンガポール動物園のゲートをくぐった。

マンダイ地区にあるシンガポール動物園はとにかく広かった。

パンフレットによれば28ヘクタールある——と言われてわからなくとも、東京ドーム6個分と言われれば何となくその広大さがつかめるだろう。

俺の記憶の中にある動物園といえば上野の動物園。あそこがたしか東京ドーム3個分だ。つまり、こちらは倍の大きさがある。

まあ、でかい。

その中に自然に近い亜熱帯の環境が広がっていて、気ままに暮らす動物たちをすぐ傍《そば》にまで近寄って眺めることができる。

柵も堀も本当は存在するけど、できる限り目立たないように配慮されているらしかった。

檻《おり》に閉じ込められているという印象が薄く、だからだろうか、なんとなく動物たちも伸び伸びと暮らしているように目に映る。

ところで12人に増えた一行だが、あっという間にお互いに馴染《なじ》んでしまった。それはコミュ女王奈良坂《ならさか》さんと、丸《まる》班長のお世話力によるものだ。

お世話力とは——つまり、気配りである。

このふたり、とにかく気が利く。

「みんなー、グループ作るよー」

奈良坂さんの号令の下、LINEに12人のグループがあっという間にできあがる。

「よし。まずはこいつを見てくれ」

続いて丸が、立て看板となっている園内マップをカメラで撮影すると、それをグループ内に一斉送信した。

マップを示しつつ、俺たちがいる場所をそれぞれに確認させる。

「このマップ、日本語が添えてあるじゃん」

吉田《よしだ》が感心した声をあげる。

園内マップは英語、中国語さらに日本語（カタカナ）と三通りの表記で描かれていた。

日本人観光客がよっぽど多いってことだろう。

ちなみに園内ではちゃんとフリーWi－Fiが使用できた。公共機関でのデジタル通信機器への配慮が半端ない。さすがシンガポールである。

丸は、今日の行動順路を説明していき、スケジュールも共有させて携帯に保存した。

「迷わないとは思うが、なにしろ広いからな。周りとはぐれたらすぐにＬＩＮＥに通知を入れること。いいな」

「はーい」

全員からお行儀よく返事が返る。

「じゃあ、まずはホワイトタイガーから行ってみよー！」

奈良坂《ならさか》さんが宣言して、先頭を切って歩き出した。

一行はぞろぞろとその背中を追う。

もうすでにクラス毎《ごと》に分かれているなんて意識はなくて、互いに入り混じって会話を始めていた。みんな楽しそうだから、丸《まる》と奈良坂さんのもくろみは上手《うま》くいったと言えるんだろう。

みんなで楽しく、か。

本来の自分の性格を考えると、集団に合わせよう、みんなで楽しもう、なんて考えること自体が信じられない行為だ。俺は自分が自分勝手な人間だと知っている。

でも夏休みのプールの一件以来、他人との交流も大事だと思ったんだ。

思ったからと言ってすぐに適応できるものでもなく、楽なことでもないが。

それにしても、丸と奈良坂さんのお世話力は強力だった。

トークデッキから選び抜かれた話題を適度に振りまき、互いのグループに早く馴染《なじ》むように気を配ってくれる。

どちらかと言えば個人行動を好む俺と綾瀬《あやせ》さんに対しても遺憾なく発揮され、おかげで俺も綾瀬さんも、少なくとも表面上はにこやかに対応することができている。

ただ、思いもかけない落とし穴がひとつ。

俺は綾瀬さんが会話相手になった途端に、綾瀬さんは俺が会話相手になった途端に、どちらもそっけない態度を取ってしまって、そこで尻すぼみにトーク終了フラグが立ってしまうのだった。

日常生活の中であれほど話をしている相手と、非日常が舞台のイベント場へとやってきた途端にぎくしゃくするなんておかしなことだと思う。

でも俺も綾瀬さんも、話し始めたらふたりだけで話しつづけてしまう予感があった。

周りを放り出して俺たちだけで会話をつづけるのは、12人からなる、この動物園攻略パーティを円滑に導いてミッションクリアを目指している丸と奈良坂さんの努力を台無しにする行為に思えた。

話したい。声を聞いていたい。

その想《おも》いが強すぎて、歯止めが利かなくなりそうで、そうなったらあっという間にここにいるみんなに関係がバレてしまう気もしたし。

たとえば、話しているときに誰かに割り込まれて、「仲良いね！」などと言われたら、もうそれだけで言葉に詰まってますますからかわれる気がしてしかたない。

俺は、ゆえに綾瀬《あやせ》さんとは会話しすぎないようにと意識してしまう。

綾瀬さんも綾瀬さんで、俺とまったく同じ様子だった。

結果として、初顔合わせの他クラスの人間とは会話できているのに、なぜか俺と綾瀬さんの間だけ会話が途切れるということに。

「おまえたち、仲良かったんだなー」

吉田《よしだ》の声に、ぎくり、と心臓が縮む。

「──丸《まる》、いつの間に奈良坂《ならさか》さんとそんなに？」

俺のことじゃなかった。

「なに、班長だからな」

「そーだよ、班長さん同士は仲良くするもんでしょ、班長さんだから」

「……そーいうもんか」

「ああ」

「だよ！」

「そういうものなのか。ならいいか」

吉田は単純に納得していた。

俺は、首を傾《かし》げたけど。

丸と奈良坂さんがどういうきっかけでここまで仲良くなったのかはわからないが、班長なだけで仲良しだったら、他にも班長はたくさんいるはずなのだ。

そういえば、俺と綾瀬さんが義理の兄妹《きょうだい》であることを、丸も綾瀬さんも知っているのだと思い出す。

そうか、丸と奈良坂さんには共通点があった。

俺たちの秘密を知っている、という。

さすがに、丸は、俺と綾瀬さんが付き合っているとまでは知らないし、たぶん、それは奈良坂さんも同じのはずだ——たぶん。

それでも、もしかしたら、俺と綾瀬さんが兄と妹であるということがふたりの間で話題になったのだとしたら？

何かしら示し合わせてこの状況をセッティングした可能性が——？

そこまで考えてから、俺は、丸と奈良坂さんを改めて見た。

丸は携帯を絶えず覗《のぞ》き込《こ》み、進んだり遅れたりしている一行の予定をリスケジュールしてはＬＩＮＥで共有すべく書き込みつづけている。

奈良坂さんは尽きないトークデッキを駆使して、12人全員をできるかぎり公平に話題に参加させるべく奮闘していた。

——考えすぎかもしれない。

俺と綾瀬《あやせ》さんの兄妹仲《きょうだい》を心配したのだとしても、丸《まる》も、奈良坂《ならさか》さんも、それだけのために周りを巻き込む性格ではなかった。誰かのために、他の誰かの楽しみを捻《ね》じ曲《ま》げることを良しとする性格ではない。でなければ、チーム全体をまとめることに汲々《きゅうきゅう》とする捕手は務まらないし、あれだけ沢山の友人を作れるコミュ女王も務まらないだろう。

実際、丸と奈良坂さんは絶えず全員に均等に目を配っているように見える。

俺と綾瀬さんはその中のふたりに過ぎない。

今もまた俺と綾瀬さんに同時に話題を振ってきた。

「ふたりとも、動物はなにが好き？」

「なまけもの」

「虎、かな」

「へー、意外だねえ。浅村《あさむら》くんは甲斐甲斐《かいがい》しい性格に見えるけど。料理とかせっせと手伝ってくれそうなのに。ね、沙季《さき》もそう思うでしょう？」

「……なまけものでも似合うよ」

綾瀬さんがぼそっと言った。

「ほお！　そうなのー？　浅村くん、なまけものが良く似合う男の子だって言われた感想はどう？」

「感想って言われても」

「怠惰だって言ってるんじゃないから」

綾瀬さんが俺に対して言った。

「わかってる」

「なら、いい」

と、互いに言って、ふたりともはっとなって黙り込む。

また会話が終わってしまった。

先頭を歩く丸と奈良坂さんが溜息《ためいき》をついた。

「わたしは～、ワニさんが好きかな～。がおーって」

「ワニは、がおーとは啼《な》かないと思うけどね」

「まあ、綾瀬が虎が好きってのはなんとなくわかるけどな」

「言えてるー。かっこいいもんね」

「そ、そう？」

まさかかっこいいと言われるとは思わなかったのか、綾瀬さんは照れていた。

すかさず奈良坂さんが突っ込みを入れて、まわりがわっと笑った。こういうフォローが入るおかげで、俺も綾瀬さんもなんとか場の雰囲気を壊さずにいられる。

個別に会話を振られるぶんにはもうすこしマシに応対できるんだけどな。

夕方までたっぷりと動物園を歩きまわってから、お隣のナイトサファリへと移動した。

ナイトサファリの開園は19時15分。

ほぼ日没の時間だから、空の半分はすっかり藍色に染まっていた。東の空の裾野はもう墨を流したように黒くなっている。

こんな時間に開園なのは夜行性の動物を観察できるようにするためだ。

遅く始まるから、閉園のほうも午前0時とかなり遅めなのだけれど、もちろん高校の修学旅行ではそんな時間まで居残れない。

「夕食もここで取るとはいえ、まあ、就寝予定が22時だからな。さほど時間はないぞ」

丸《まる》が言った。

そして、『クリーチャーズ・オブ・ザ・ナイト・ショー』に向かって急いだ。ナイトサファリでも人気のライブショーである。

観客の前に出てくる動物たちを楽しそうに紹介してくれるショーだった。

それに加えて、目の前の動物たちだけではなく、四方八方からひっきりなしに動物たちの啼《な》き交わす声が聞こえてきている。ケエエだとか、キィキィだとか。獣なのか鳥なのかさえ俺にはわからない。思ったよりも辺りは様々な声に満ちていて、夜って、意外と賑《にぎ》やかな世界だと発見する。

30分ほどのショーを見終えてからあちこち散策し、お腹《なか》の空《す》いたところで、園内にあるレストランで夕食となった。

ビュッフェ形式のお店で、前のほうにあるステージでの音楽の演奏なども楽しめる。

ステージにあがっている女性が弾き語りをしている姿が視界に入る。けれど、俺の注意は食事のメニューに向いていたので、そのときにはたいして気にもしなかった。

トレイを抱えて席に着いた。みんなはもう食べ始めている。

「いい声だな」

丸がぽつりと言った。

「ん？」

「こっちの音楽かな」

丸の視線を追いかける。

彼はステージで弾き語りをしている女性を見ていた。

おや？　と思う。そのとき初めて音楽と声がちゃんと頭に入ってきたのだ。聞き覚えがあるような。

「あれ、昨日のお姉さんじゃないか？」

丸の言葉に反応しているのは俺たちのクラスの班員だけで、奈良坂《ならさか》班のほうは「なになに？」と尋ねてきている。奈良坂さんたちの班も昨日は博物館見学だったらしいけど、気づかなかったのかな。

「あのひと、博物館の前で歌ってたんだよ」

俺が言ったときにちょうどその女性は歌い終えてしまったらしく、別の奏者がステージに上がる。

降りた女性のほうはそのままカウンターへと移動してバーテンに声を掛けている。琥珀色《こはくいろ》の液体がカクテルグラスに注がれる。

グラスを手にしたままスツールに腰掛けるでもなく辺りを見回した。テーブル席でも探してるんだろうか。

なんて思っていたら、こちらへと向かって歩いてくる。

えっ、なに？　と考えているうちに、俺たちのほうへと近寄ってきた彼女は英語で話しかけてきた。

奈良坂《ならさか》さんが頷《うなず》きを返した。

「なんて言ってるんだ？」

丸《まる》が奈良坂さんに尋ねた。

「いやさっぱり」

「おい」

「えーと……、オネエサアン、イズ、ナンカ、ゴヨウデスカー？」

身振り手振りを駆使してそんなことを言った。

思いっきり日本語だった。

「奈良坂、たとえ英語っぽく言ったって、それじゃボディランゲージ以上のことは伝わらんと思うぞ。おまえさん、英語得意だって言ってなかったか？」

丸に言われて奈良坂さんが、てひひと照れる。

「ペーパーは得意だよ～。丸くんより点も高かったでしょ」

「こんなのに負けたのかと思うと、俺は、夜も眠れねえほど悔しいぞ。喋《しゃべ》れねえんじゃ、一緒だろーが」

「英語力は語学力だけじゃないもん」

「負け惜しみを。せっかく話しかけてくれてるんだから、もうちょっとだな――」

「なあ、丸。なんか、俺たちのほうを指さして言ってるぞ」

吉田《よしだ》が言うとおりだった。彼女は俺たちを指さして何か言っている。

この国の言葉を話していない俺たちは、容易に旅行者だとわかるはず。

ということはもしかして――。

「たぶん、あなたたちは何者ですか？　とか、どこから来たんですか？　とか、そんなことを聞いてるんじゃないかって思うんだけど……」

そう言ったときだ。

俺の隣のほうからも英語が聞こえてきた。

ぱっと、彼女がそちらに顔を向ける。マシンガンのような早口になって英語を捲《まく》し立《た》て
た。っとっとっと、ただでさえ聞き取れない英語をこんなに捲し立てられちゃ……。
けれど、負けないくらいの高速の英語が返った。
聞きなれた声だなと認識するのとほぼ同時に「沙季《さき》、すごーい」という奈良坂《ならさか》さんの声
があがる。えっ、綾瀬《あやせ》さん？
振り返ると、たしかに英語で返事をしているのは綾瀬さんだった。
……俺と会話してたときはこんなに早口じゃなかったよな？
あれはひょっとして俺相手だから加減してたんだろうか。まさか一日で英語が上達する
わけもないから、そういうことなんだろうけど。
班の全員が綾瀬さんとグラスをもった彼女とを交互に見つめる。
「綾瀬さん、英語、喋《しやべ》れたんだ」
奈良坂班の男子もびっくりしている。
「簡単な単語しか使えないけど……ええと、さっき浅村《あさむら》くんが言ってた推測で概《おおむ》ね正しい
かな。私たちが何者でどこから来たのかって聞いてる」
「ワレワレハ、チキュウジンダ」
奈良坂さんが喉を片手で叩《たた》き声を震わせながら伝統的でオタクなジョークを言った。い
や、それを言ったら、このひとだって地球人だと思うけど。

ほら、ぽかんとした顔をされちゃったじゃないか。

「あのな、奈良坂。星際問題を引き起こしそうな冗談を言ってる場合か」

いやそもそも星際問題っておかしい。

ここにいるのは全員がたぶん地球人のはずでは？

「丸《まる》くん。ユーモアは円滑な交流のための潤滑油だよ～」

「時と場合によるぞ。で、綾瀬はその問いに対して彼女になんて答えたんだ？」

丸に問われて、奈良坂さんのほうに苦笑を向けつつ言う。

「ちゃんと、日本から来た学生で、修学旅行で来ました、って答えたから安心して」

「つまんなーい」

「真綾《まあや》ってば。誤解させてどうするの。で、このひとの名前はメリッサ・ウーだって」

綾瀬さんの言葉に、「お、あたった」と丸。そういえば昨日、許可証だかを見つめていた丸が名前らしきものを読み取ってたっけ。

「メリーさん？」

「ちがう、真綾。メリッサ。メリッサ・ウーさん。ここで歌を歌っているんだけど、日本から来た若者に自分の歌がどう聞こえたのか感想を聞きたい、って言ってる」

なるほどー、とみなから感心したような声があがる。

メリッサと名乗った20歳をいくらか越えた感じの女性はニコニコと笑顔を振《ふ》り撒《ま》きつつ、

さりげなく空いていた席に座りひとことふたこと何か言った。

「感想を聞かせてくれない？　だって」

「綾瀬《あやせ》が通訳してくれるのか？」

丸《まる》が尋ねて綾瀬さんは頷《うなず》く。

「いいよ。できる範囲でになるけど」

「ふむ。まあ、袖すり合うも他生の縁というしな。せっかくの国際交流の機会だ。どうだみんな、さっきのメリッサさんの弾き語りを聞いていただろう？　何か感想は？」

「ぴゅーてぃふるでわんだふるでした！」

吉田《よしだ》が言った。

それを聞いてメリッサがさんきゅーと微笑《ほほえ》む。さすがにこれは聞き取れる。

「通じたぞ！」

「いや、通じたっていうのか、それ」

丸が苦笑いしつつ、俺に視線を向ける。

「浅村《あさむら》、おまえはどうだ？」

「ええと……。そうだね。昨日も同じ歌を歌ってましたよね。民族音楽ですか？　とても素敵な歌声だと思いました——かな。綾瀬さん、お願いできる？」

「ん。ええと——」

できるだけ短文に区切って、翻訳するときに直訳できるような感想にしてみたけど、だいじょうぶだろうか。そんな俺の配慮はどうやら必要なかったようで、俺の言った言葉を綾瀬さんはすらすらと英語にしてくれた。黙って聞いていたメリッサは、綾瀬さんの通訳が終わると、弾《はじ》けるような笑顔を見せる。俺のほうに向かって早口でまたも英語の弾丸を撃ってくる。

たぶん、喜んでくれているんだと思う。

丸が他のメンバーも促して、いくつか感想を聞き出すと、それを綾瀬さんが英語にして伝えてくれた。さすがに複雑な言い回しまではできないようで、時々天井を睨《にら》みつけては綾瀬さんは唸《うな》るようにして英語をひねり出していた。

それでもメリッサは綾瀬さんの伝えてくる感想を嬉《うれ》しそうに聞いていた。

「できた！」

奈良坂《ならさか》さんが叫んだ。

なんだ？　と顔を向ける。奈良坂さんは手持ちの携帯をメリッサのほうへと突き出して画面をタップした。すると、携帯から人工音声の女性の声で英語が流れ出した。

かなり長い言葉の羅列だったけれど、メリッサはびっくりした顔をしたあとで、それは嬉しそうな笑顔を見せる。

「もしかして、自動翻訳か？　奈良坂」

「うん！　いま、ぱぱっと感想書いて、翻訳かけて、それを英語で読み上げさせてみた！」

「その手があったか」

丸《まる》が感心したように唸《うな》る。

便利な時代だなあ。

「これなら、最初から真綾《まあや》に頼んだほうがよかったかな」

綾瀬《あやせ》さんが言った。

「ちがうよ、沙季《さき》。この子じゃニュアンスまでは伝わらないもん。コミュニケーションは言葉だけじゃないしさ～、だって表情もないでしょ」

奈良坂《ならさか》さんが言う「この子」とはスマホのことだ。より正確に言えばスマホでアクセスできる翻訳&読み上げツールのことだ。

なるほど、と思う。

綾瀬さんはみんなの感想を伝えるとき、伝える内容に合わせて微妙に表情を変えていたのだ。歌声が情熱的だった、と伝えたときは、強い言い切るような口調だったし、民族音楽っぽくて懐かしさを感じた、と言ったときはどこか遠くを見るような顔をしていた。内容に合わせ表情を動かしてくれるアバターでも添えてくれないと、たしかに自動翻訳では限界もある。

「そう、かな」

「そうそう。ほら、沙季に感謝してるみたいだよ」

メリッサが、立ち上がってわざわざ綾瀬さんの席の脇まで近寄る。肩を抱きかかえて何か声をかけた。嬉《うれ》しそうな顔で、肩をばしばしと叩《たた》いている。ちょっと痛そうで、綾瀬さんは苦笑のような表情を浮かべていた。

そのときメリッサがはっと顔をあげた。

彼女の名前を呼びながら背の高い男性が近づいてくる。

それまでよりもさらに表情を明るくしながら、メリッサは男性に飛びつくように寄っていった。

次の瞬間、彼らを見ていた俺たち全員がどよめいてしまう。女子たちはきゃあっと声をあげ、男子たちは声を失った。

メリッサと恋人らしきその男性は、俺たちの目の前で熱烈なキスを交わしたのだ。

「公衆の面前で……！」

「おちつけ、吉田《よしだ》。キスだ。挨拶だ」

丸が落ち着かせる。

「いやだって――」

「ほら男子！　ガン見してんじゃない！」

そういう奈良坂さんも視線が釘《くぎ》付けになってたけどな。

「浅村《あさむら》くん、よく冷静に見てられるね」

「俺も驚いたけど」

確かに驚いた。人前でそんなにべたべたとくっつくのはさすがに恥ずかしいんじゃないかと思った。しかし、同時にふと気づいてしまった。

どこかで見たことないか、この光景、と。

思春期の息子と娘の前で、やたらとべたべたしていた再婚夫婦がいたじゃないか。

あれは間違いなくバカップルだった。ハグやキスこそしていなかったけれど、恥ずかしさはあっちのほうが上だと感じる。

あのふたりの普段の様子を思い出したら、まあ、恋人同士ならそんなこともあるかというくらいには落ち着いてしまった。

もちろん、恥ずかしさが消えるわけではない。

ただ、恥ずかしい気持ちを抱きつつも、メリッサたちの堂々としたキスに、ナチュラルさを感じてしまったのだ。それこそ昼から何度となく見てきた野生動物たちの日常の営みであるかのように。

キスのあとで、ゆっくりと顔を離したメリッサはくるりと俺たちのほうへと振り返って何ごとかを言った。

綾瀬《あやせ》さんによれば俺たちの滞在先を聞いているらしい。

最寄りのバス停の名を告げると、メリッサは自分の住んでいる場所もすぐ近くだと言う。帰りは公共機関を用いることになっていたから、彼女と俺たちは一緒に同じバスで帰ることになった。抱き合ってキスをしていた男性のほうはバスには乗らなかった。家の方向がちがうらしい。

ホテル近くの停車駅まで俺たちはバスに乗って移動。

その間、ずっと、綾瀬さんはメリッサとなにごとかを会話していた。

奈良坂《ならさか》さんたちの班や女子たちとはホテルのフロントで別れたのだけれど、部屋に戻るまで吉田《よしだ》はずっと「あのキスは凄《すご》かったな」と繰り返していた。

たぶん、今日の彼の思い出はぜんぶ最後に見てしまった刺激的なキスシーンで上書きされてしまったんじゃないだろうか。女子たちの何人かも帰り道の間ずっと顔を赤くしていたような。

俺はといえば、恥ずかしさや他人の目を気にする気持ちよりも、ひとつの自然な形を目の当たりにしたという思いになっている。

恋人同士のありのままの。

そんなことを考えつつ、明日は「セントーサ島めぐり」としか決めてない自由行動の日だな、とぼんやりと思い。そういえば綾瀬さんたちの班も同じ島だとか。

今日はわずかとはいえ綾瀬さんと同じ時間を過ごせて楽しかったな。

寝入ろうとしたそのときに携帯が震えた。

ポップアップした通知を見て、どきりと心臓が跳ねる。

綾瀬《あやせ》さんだ……。

【明日のセントーサ島、ふたりで回りたいけど。できるかな?】

その申し出に、はっとなる。

続いての通知に、島を出ない限りは6人でまとまる必要はないらしいし、ほぼ自由行動だからだいじょうぶ、と書いてあった。

綾瀬さんたちもか。

丸《まる》が旅行前のLHRで言っていたのを覚えている。

『3日目のセントーサ島は、その島から離れない限りは各自で好き勝手動いていいだろう。土産を買うもよし、ぶらぶら景色を楽しむもよし、だ』

あのときは「ゆるくて助かる」と班員たちからも好評しか出てこなかったけど。

俺自身は、丸あたりと回ることになるのだろうなと漠然と思っていた。まさか、綾瀬さんの班も同じような融通の利くスケジュールになっていたとは思わなかったし。

もしかして、丸も奈良坂《ならさか》さんも、一緒に回りたい他クラスのひとがいるのかもしれない。だから回りくどくも巧妙にこういうスケジュールを組んだ、とか?

考えすぎかな。

俺は綾瀬さんの提案を繰り返し読みつつ考える。

俺も会いたいと思っているが、抜け出すには、さすがに班長の丸あたりにはひと声掛けておく必要があるだろう。抜け出す理由までは言わなくてもいいんだろうけれど、食事や土産買いに付き合えと言われる可能性があるし。

いや、丸ならば俺と綾瀬さんが兄妹《きょうだい》だと知っているのだから、兄妹で回ってくると言っておけばいいのかな。

脇を見ると、丸も吉田《よしだ》ももう爆睡していた。

寝つきのいいのも運動部っぽいな。寝る子は育つって言うしな。

俺はＬＩＮＥの返信欄にぽちぽちと返事を打ち込む。

【わかった。班の人に話を通すから、抜け出すタイミングとか、正式な返事は明日まで待っててくれると助かる】

そう書いて送信した。

一瞬で既読になって、【ＯＫ】とだけ送られてくる。

起きたら、丸にだけは綾瀬さんと回ると伝えておこうと決める。それから、セントーサ島に渡る前のどこかで綾瀬さんに連絡を入れよう。

ほっとした気分になり、俺も眠気が押し寄せてくる。それでも何かを忘れているような気がして完全には眠りに入れない。しばらく考えて、綾瀬さんの送ってきたメッセージと自分のとの差に気づいた。

彼女は【回りたい】と素直な気持ちを伝えてきてくれたのに、俺自身はスケジュールの話しか返していない。俺がどう思っているのかは、これじゃ伝わらない。

携帯の時刻表示を睨《にら》みつける。

22：30。

もう、寝てしまっているかもしれない。寝入りばなを起こしてしまうかもしれない。

それでも——。

【俺も綾瀬《あやせ》さんと一緒に回りたいと思ってる】

息を吸って吐いて決心して、ええいと送信を押した。

既読の印とともに、生意気そうな猫が笑顔になっているスタンプがひとつ返ってくる。

綾瀬さんがスタンプを返してくるなんて初めてじゃないかなと驚きつつ、ほっとした俺は睡魔に負けてしまってそのまま眠りの淵《ふち》へと落ちていった。

夢の中。

夜のレストランで見たキスシーンの場面が浮かび上がる。

ふたりの顔が、いつの間にか自分と綾瀬さんになっていた。

●2月18日（木曜日）修学旅行2日目　綾瀬沙季《さき》

旅行2日目。朝起きてすぐのことだった。

私の目が覚めるやいなや、隣のベッドでぺたんと座ってた真綾《まあや》が、髪をせっせとブラシで梳《と》かしながら「今日は浅村《あさむら》くんたちと一緒に回るよー」と告げたのだ。

どういうこと!? って思った。

「どういうこと？」

思ったら口にしてた。

「そのままの意味だけど？　りょーちんも、了解？」

反対側のベッドに声をかけた。

「んんー？」

寝ぼけた顔のまま、むくりと起きあがった佐藤涼子《さとうりようこ》さんが目許《めもと》を擦《こす》る。

「……あさむらくんって……だれ？」

「隣のクラスの班の子だよ。丸《まる》くんと浅村くんと……。ほら、言っといたでしょ。りょーちんのお友達の子がいる班だよ」

「あー……はい。ん。わかったぁ」

寝ぼけてるみたいだけど、だいじょうぶなのかな。というか、なんか前もって聞いていたふうな応えだったけど。

「ちょ、ちょっと真綾《まあや》。私、聞いてないんだけど」

「言わなかったからね！」

「なんで!?」

「サプライズはサプライズだから楽しいんだよ？」

なんで修学旅行にサプライズが必要なのか。

それに、今日は勝手に行動できる日じゃなくて、みんなと一緒に移動する日じゃなかったっけ？

「今日は終日、班行動の日じゃなかった？」

うん、と真綾が頷《うなず》いた。素直そうな純真無垢《じゅんしんむく》そのものという笑みを浮かべる——なんて信用できない笑顔なんだろう。

「わたしたちの班はぁ、今日は動物園とナイトサファリに行きます」

「それは知ってる」

「で、実は偶然にも、お隣のクラスの丸《まる》くんの班も動物園とナイトサファリに行くそうなんだよね～。わあ、なんて素敵な偶然でしょう」

「おい」

「だからぁ。この際、水星《すいせい》高校同期のよしみで、相互交流を活発に行って、この修学旅行を、より実りあるものとしようではないかー！　って、なったの」

「なったの、じゃない」

「ん？　なんかわたし、変なこと言った？　言ってないよね、りょーちん」

「うん。いいこと言ってるよう。仲いいひとと回れるのうれしい」

そうか、佐藤《さとう》さんは隣のクラスに友達がいるんだ……。

でも……ほんとに。

私たち浅村《あさむら》くんたちの班と一緒に行動するの？

じゃあ、この旅行の間、ずっと彼の顔を見れないと思ってた私の気持ちは……というか、いいの、それ？

「えっと。それ勝手に決めちゃっていいの？」

「勝手になんて決めてないよ？　男子も一緒に、みんなでスケジュール決めたときに沙季《さき》だって居たでしょ？」

「あー」

思い返してみる。

そもそも真綾が班長になった私たちの班の6人は、クラスでもやんちゃな方の男子ふたりと、そのふたりと仲の良いしっかり者男子1名。あまり人付き合いが活発ではない私と佐藤涼子《りょうこ》さんという構成だった。

班の行動予定表を提出に行ったとき、担当教諭が「奈良坂《ならさか》さん、助かるわあ」と言っていたから、さりげなく集団行動の苦手そうなメンバーをまとめたのは明らかだろう。

あまり周りに合わせるのが得意なタイプではないと私だって自覚している。

だから真綾《まあや》には感謝している。

そして、彼女が予定表を組むとき、行き先の候補を見どころまで含めてまとめた資料を作ってくれて、ちゃんと班員全員にひとつひとつ確認をとってからとりまとめたのも覚えていた。至れり尽くせりで私たちは選ぶだけでよかった。ここまで楽させてもらって文句なんて言えた義理ではない。

ないのだが——。

「みんな定番をきっちり押さえてくれる性格で助かっちゃったよ。もし行き先が被《かぶ》ったら時間合わせようね、とは言っといたけど」

「誰に？」

「いやー、まさか最初から最後まで同じだとはねー」

あ、言わなかったな。誰だろう。浅村《あさむら》くん？　いや、彼だったら、私になにか言っていてくれたはずだし。

「ちなみに明日のセントーサ島巡りも同じになったよ」

「明日も？」

「そうそう。ね、りょーちん」

「うん。うれしい」

「男子どもは、まあ、向こうの男子に知り合いはいないみたいだけど。丸《まる》くんがフォローしてくれるって言ってたし」

「……丸くんって浅村くんの友達だよね。真綾って彼と仲良かったんだ」

「わたしたち班長同士だしね」

班長同士ってそんなにすぐに打ち解けるものなの？

「ま、せっかくだから、あっちの男子とも仲良くしてほしいけどね。あと、向こうの女子にはちょっかい出さないよう釘《くぎ》を刺しとかないとなー」

なるほど、すっかり計画済なんだ。

髪をセットし終えた真綾はぐいっと私のほうへと体を乗り出してくると、私の膝小僧をつつきながら囁《ささや》く。

「お兄ちゃんとずうっと一緒だよ？」

口許《くちもと》に手を当てて、にひひっと笑みを浮かべる。

「真綾！　もう！　なに言ってるの」

私の思わずの大声に、びくりと向こうのベッドの上で佐藤《さとう》さんが身を竦《すく》めていた。しまった。驚かせちゃったじゃないの。

「ご、ごめんね。大声だして」

「だいじょうぶ……」

「そんなこんなで今日はみんなで楽しく動物園！　さあ、さっさと朝食を食べてしまって、レッツ・ゴー・シンガポール・ズー！」

思いっきりカタカナ発音の英語でそんな宣言をすると、真綾《まあや》はぴょんとベッドから飛び降りた。

「動物たちがわたしたちを待ってるぜ！」

拳を突き出して言い放った。

私は首を左右に振りながら肩を竦《すく》める。こうなった真綾を止めることは誰にもできない。

しかし、そうか。

今日は浅村《あさむら》くんと一緒に動物園を回れるのか……そうか。

私たちがシンガポール動物園の前に着くと、ほぼ同時に浅村くんたちがやってきた。

丸一日、会えなかっただけで、顔を見てほっとしてしまう。

今日はこの合流した浅村くんたちの班と一緒に、つまり12人ものグループで動物園とお隣のナイトサファリを回ることになる。

よく考えてみると、こんなに大勢で一緒に何かをするのは昨年夏のプールに行ったとき以来かも。

浅村くんの友人である丸《まる》くんと真綾——世話焼き班長ふたりは、即席のグループの面倒をよく見てくれていた。

懐が深いって言うのだろうか。

話題を振ってくれるし——。

「ねぇねぇ、浅村くん、沙季《さき》、ふたりとも、動物はなにが好き？」

園内を歩き、動物たちを眺めつつ真綾が言って、浅村くんは「なまけもの」とさらっと答えた。なま……けもの？

「へー、意外だねえ。浅村くんは甲斐甲斐《かいがい》しい性格に見えるけど。料理とかせっせと手伝ってくれそうなのに。ね、沙季もそう思うでしょう？」

「……なまけものでも似合うよ」

待って。よく考えてみればどんな動物が好きかを聞かれたのであって、別に本人が自分をなまけものだと思っているわけではないのでは？

でも、なんとなく私は浅村くんと一緒にいるとのんびりとできるのだ。時間がゆっくりと流れるというか。そういう意味で似合うよって言ったのであって、別に浅村くんが……。

「怠惰だって言ってるんじゃないから」

「わかってる」

「なら、いい」

ふう。焦った。

みんなの前で浅村《あさむら》くんと会話をするときは変に緊張してしまう。家にふたりでいるときはあんなにリラックスできるのに。

そして浅村くんのほうも、私との会話をあえて控えているようなそぶりがあった。それ故に、こんなに近くにいるのに、いつも以上に遠くに感じてしまうのだけれど。

陽《ひ》が沈みかけるころ、私たちはナイトサファリへと移動した。

夜行性の動物たちを間近で見まくったあとに、私たちはレストランへと移動して夕食を取ることになった。

ビュッフェ形式の店だ。適当に見繕ってみんなと囲んでいるテーブルへと戻る。

歩き通しだったから、さすがにお腹《なか》が空《す》いている。

「いい声だな」と丸《まる》くんが言った。

ステージの上で弾き語りをしていた女性のことだ。その女性は歌い終えるとステージを降りて楽器を預け、カウンターへと移動した。そのままカクテルグラスを受け取って、どういうわけか私たちの座っているテーブルへとやってきた。

目が合う。にこりと微笑《ほほえ》まれた。

日本人かあるいは南アジアのどこかの国の人なのかな。二十歳《はたち》を幾らか越えたあたりだと思う。ゆるくパーマのかかった金髪が赤いドレスの肩口あたりまで流れ落ちている。両脇にスリットの入ったドレスからすらりとした脚が覗《のぞ》いていて、同性ながらどきりとしてしまった。

彼女は私たちをゆっくりと見回すと、英語で話しかけてきた。

『アタシはメリッサ・ウー。あなたたちはどこから来たの？　日本？』

難しい英語ではなかったけれど、けっこうな早口だったからだろうか、みんなはぽかんとしていた。

『ステージ、見ていてくれたんでしょう？　どうだったかな？　まだ修行中なんだけどさ、率直な感想とか聞かせてくれると嬉《うれ》しいんだけど』

そう言ってから、ふたたび笑顔になる。

けれど、私たちのグループの誰も何も言わなかった。たぶん、早口で英語で捲《まく》し立《た》てられたからだろう。

メリッサはすこし待っていたけれど、ちょっとがっかりしたような表情を浮かべる。何も答えないから、無視されたと思ったのかもしれない。英語がわからなかったとは思わなかったのかな。どうしよう。私はなんとか聞き取れたんだけど。

迷っていると、浅村くんが「たぶん、あなたたちは何者ですか？　とか、そんなことを聞いてるんじゃないかって思うんだけど……」と言った。

そう、それ。

『あの……メリッサさん。私たちは日本から修学旅行で来ました』

答えると、ぱっとメリッサが私のほうへと振り返った。

『修学旅行！　じゃあ、中学生？　男の子6人と女の子6人か。みんな仲良さそうだよね。いいね！　で、君たちの年齢だと、こういう音楽聞いたことない？　ちょっと馴染《なじ》みがなかった？　もっとポピュラーな、知ってる歌のほうがよかったかな。アニメの音楽とか』

ちゅ、中学？

え？　私たち、そんなに幼く見えるのかな。

『高校生です。高校二年生。私たちは日本の東京からきたんです』

とりあえずそれだけ返す。

「沙季《さき》、すごーい」

「綾瀬《あやせ》さん、英語、喋《しゃべ》れたんだ」

いやいや、みんなだってもっとゆっくり喋ってもらえばわかると思う。浅村《あさむら》くんだって、なんとなく意味は通じていたっぽいし。

私は両手を振ってそんなにすごくないよと否定する。

「ええと、さっき浅村くんが言ってた推測で概《おおむ》ね正しいかな。私たちが何者でどこから来たのかって聞いてる」

そう伝えたのだけれど、真綾《まあや》が何かよくわからない冗談を言って丸《まる》くんに突っ込まれていた。真綾ってば。ほら、メリッサさんもぽかんとしちゃってるじゃないの。浅村くんも変な誤解を与えたんじゃないかと心配している。

「ちゃんと、日本から来た学生で、修学旅行で来ました、って答えたから安心して」

「つまんなーい」

「真綾ってば。誤解させてどうするの。で、このひとの名前はメリッサ・ウーだって」

そして彼女が自分の歌の感想を聞きたがっていることをみんなに伝えた。みんなの感想をどうやら私が英語にしなければならない流れになりつつあった。

「浅村、おまえはどうだ？」

どきっと心臓が跳ねる。よりにもよって浅村くんの言葉から通訳する羽目になるとは思わなかった。というか、浅村くんだったら単語をつなぐだけでも自分の意思を伝えられそうな気もするんだけど……。

んと——しっかり聞かないと。

私は浅村くんの言葉を聞きながら頭の中で英文を組み立てる。最近は英語を聞いて英語で考える癖をつけていたからか、まるで英語の筆記試験で日本語の問いを読んで英文を作っているときのような違和感があってかえって手間取ってしまう……。

そう考えると、頭の中で常に二か国語を行ったり来たりしているであろう同時通訳ってお仕事は、ただ翻訳するのとは異なる大変さがあるんじゃなかろうか。

『メリッサさん、彼はこう言ってます。昨日も同じ歌を歌っていましたよね。それは民族音楽ですか？　とても素敵な歌声だと思いました』

浅村《あさむら》くんは感想を短い文に分けて話してくれた。おかげで英語にしやすかった。

『ええと、彼は昨日博物館に来てたのかな？』

『そうです』

『そうか。じゃあ、アタシの歌を聴くのは二度目になるんだね。うん。今歌っていたのはこのあたりでむかし流行《はや》っていた歌だよ。こっちだとわりと聞く機会があるかな。歌声を上手《うま》さじゃなくて綺麗《きれい》だって言って褒めてくれたのは嬉《うれ》しい。ありがとう』

私は彼女からの返事を日本語に直して伝えた。

通訳する前に、グループの何人かはかすかに頷《うなず》いていたように見えた。彼らはなんとなくでも英語を聞き取れていた可能性がある。それ以外の人たちは私の伝える言葉を聞いて彼女が感謝しているのを理解してくれたようだ。

丸《まる》くんに促されるまでもなく、次々と感想を語り出した。私はそれをできるかぎり間違えないように英語にして彼女に伝える。ちょっと凝った言い回しをされると頭がストップしてしまって、該当する英単語とイディオム、文法を脳内で検索するのに時間がかかってしまう。

ひととおり全員の感想が出たかなというところで、それまで携帯に向かって何やらポチポチやっていた真綾《まあや》がばっと顔をあげた。メリッサのほうへと携帯を突き出して画面を指で操作する。普段は電話として使っている電子端末が機械音声で語り始めた。

けっこう長い文章で英語だった。真綾は、作った日本語の感想を英語に翻訳し、それを読み上げさせているらしかった。最初は驚いた顔をしていたメリッサが集中して聞きいっている。

感想の内容は真綾らしく、彼女自身の感性がメリッサの歌をどう受け取って何を感じたのかを素直に述べていた。

メリッサはそれを聞いて、途中からニコニコとした笑みを浮かべる。

完璧に翻訳できていたのかどうかは、そもそも原文を読んでないから私にもわからなかったけれど、読み上げた音声を聞いた限りはおかしなところはなくて、便利な時代だなあと改めて思ってしまう。まあ、私が同じことをやろうとすると、そもそもフリックであれだけ長い文章を打ち込むのに時間がかかるだろうけど。

「それなら、最初から真綾に頼んだほうがよかったかな」

ちょっとだけ自分の苦労がいらないものだったのかなと思えて愚痴のようなものが出てしまったけれど、真綾はそれはちがうとすぐに否定した。

携帯の機械翻訳&読み上げでは感情も表情も乗せることはできないと。

なるほど。

「ほら、沙季《さき》に感謝してるみたいだよ」

そう真綾《まあや》が言うと、まるで真綾の言葉が聞こえていたかのようにメリッサは椅子から立ち上がって、私のほうへとテーブルを回ってやってきた。肩を抱き、言ってくる。

『あなた、名前は？　さっきから聞いてると、サキ、でいいの？』

『え、ええ。沙季です』

あ、名前は聞き取れるんだな、と私は素直にそう思った。

『んん。キュートな名前ね！　サキ、あなたのおかげで日本の高校生の生の感想を聞くことができたよ。すっごく感謝してる！』

笑顔で肩を叩《たた》かれてちょっと痛い。でも、彼女の嬉《うれ》しそうな顔を見ると、これが彼女のスキンシップなのかなと思えた。

『ねえ、サキ。アタシはあなたの感想を聞いてないんだけど』

『よかったです、とても』

そういえば、そうか。

『そうかー。ありがとう。シンガポールはどう？　いいとこでしょ。楽しんでる？』

『ええ。こんなに綺麗《きれい》な街だとは思っていませんでした。すこし暑いけど』

『あはは。それは、日本は今は冬だものね！　ねえねえ、あなたたちはみんな仲良さそうだけど、この中にサキの恋人はいるの？』

『えっ⁉』

こ、恋人？

『そう。いるんでしょ？　サキ、あなたとても美人だもの。周りが放っておかないわ。教えなさいよ、誰と誰がサキの恋人なの？』

え？　は？

誰と誰って、どういう……。え？　なにか私、聞き間違えた？

『その顔は……いるわね？』

私はとっさに浅村《あさむら》くんの顔を見てしまい、慌てて目を逸《そ》らした。いや待ってなんでそんなプライベートなことをずけずけ聞いてくるの、このひと。それとも、私の英語の理解が間違ってるのかな。

確かにメリッサの使う英語は私が普段から聞きなれているものよりも、かなり聞き取りづらいものだった。口語だからなのか、それともシンガポール訛《なま》りなのか、あるいは彼女の使う英語が独特なのか、そこまではわからなかったけれど。とくに今はかなりフランクに喋《しゃべ》っているみたいだし。だから私の解釈が間違っている可能性もある。あるんだけど。

『こ、恋人はいません！』

『そう？』

目を細めにやりと笑みを浮かべる。わかってるんだから白状しなさいよ、と言わんばかりの表情で言われて、ああこれは確かに言葉だけを聞いただけでは伝わらないなと思ったり……真綾《まあや》の言葉は正しかった！　じゃなくて――。

私が軽くパニックに陥っていると、メリッサは不意に肩に置いていた手を離した。

近づいてくる男性がメリッサの名を呼んでいたのだ。メリッサはその男性に飛びつくと、いきなり私たちの目の前でキスを交わした。

心臓がびっくりして口から飛び出るかと思った。

どきりとして体ごと捻《ひね》って背中を向けてしまう。そうしたら、みんなの顔が目に入った。

驚いた表情になりつつも、全員がメリッサのキスを見ていた。

「ほら男子！　ガン見してんじゃない！」

そういう真綾がいちばん身を乗り出していた。

私はおそるおそる視線を戻す。

まだやってる。

メリッサと相手の男の人は、互いの腕を相手の体へと回してぴったりと体を寄せ合っている。

ゆっくりと顔を離したメリッサが私のほうに顔を向ける。

『あなたたちは、どこに泊まっているの？』

ぼうっとしていて一瞬反応が遅れた。

滞在先を聞かれているのだと気づく。

私は真綾《まあや》と相談して、最寄りのバス停を答えた。その程度なら教えても問題ないだろう。

メリッサはそれを聞いて、自分の家も同じ方向だから、一緒に帰らないかと言う。

もう後は帰るだけだったから、私たちは了承したのだった。

そして、バスに乗ってから私はメリッサとずっと英語で話していた。

まさかこういう形で英会話の実践をすることになるとは思わなかったけれど、そもそもの自分の目的を達成できたのは嬉《うれ》しい。メリッサの使う英語にはスラングらしき言葉も多くてぜんぶを理解できたとは言わないけれど、それでもそれなりに意思を伝えあうことには成功した気がする。

話した内容はまあ、他愛《たあい》ないことだ。

いま、日本で何が流行《はや》っているのか、とか。互いの好きな歌は何か、とか。メリッサは日本のアニメやマンガが大好きなようで、幾つかそういう話題も持ち出してきたのだけれど、私はあまり詳しくなかったから、答えることができなかった。

真綾に聞いてみればよかったかな。

でも真綾はみんなを盛りあげてたし。お世話係は大変だ。

メリッサとキスをしていた彼氏はレストランで別れてから姿を見ていない。帰る方向が違うのだろう。

ホテル近くのバス停で同時に降りる。メリッサは私たちと別れると、通りの向こうへと渡って行った。また会えるといいねと手を振りながら。

私たちはそのままホテルへと帰った。丸《まる》くんの班の女子たちとだらだらとお喋《しゃべ》りしながらロビーまで戻る。今日一日でお互いの顔と名前を覚えるところまで仲良くなったのだから、これは私にとっては大きな進歩だろう。

真綾と一緒だといつの間にか知り合いが増えていくような気がする。

フロントで鍵をもらって別れてから部屋に戻るまでの間に、スマホに次々とメッセージが届く。

グループのトークルームに「今日は楽しかったよ」とか「お休みなさい」とか。そういう他愛のない言葉だけだけれど、それでも眺めているとほっこりする。

私も「楽しかったです」と伝えた。

それから女の子だけで作ったグループのほうには、思い切って笑顔の猫のスタンプを貼り付けてみた。これ、真綾がよく使ってるやつなんだよね。そうしたら、次々とみんなのスタンプが返ってくる。それぞれ笑顔のやつなんだけど、全員ちがうキャラクターだ。こういうところにその人らしさが出るんだな。真綾《まあや》のは、よくわからない厳《いか》ついロボットがガハハと笑っていた。なんだこれ。

部屋に戻ってルームウェアに着替える。皺の寄らないように服を整え吊《つ》るそうとして、スカートが微妙に裂けているのに気づいた。

幸い穴にはなっていない。合わせのところが少しほつれた、という感じ。

動物園かサファリか、枝にでも引っかけて力が掛かってしまったのかもしれない。目立つ、というほどではないけれど気になるし、放っておくと広がってしまいそう。応急処置をしておいたほうがいい。しっかり直すには、日本に帰ってから仕立てたお店に頼むしかないと思うけれど。

私はトランクを漁《あさ》って自分のミスに気づいた。ソーイングセットを持ってきていなかった。どうしよう。同室の誰かに借りようか。真綾か佐藤《さとう》さんのどちらかならば持っていそうな気はする。

「ええと……」

顔をあげて声を掛けようとして、佐藤さんが誰かとＬＩＮＥの通話で話しているのに気づいた。たぶん、みおちゃんという女子だ。今日のことを振り返っているらしい。いつも静かにしていて控えめな彼女にしては笑い声をあげ楽しそうに話していて、会話を切らせるのが悪い気がした。

真綾は……ぽちぽちと携帯で何か遊んでいる。

うーん。邪魔するのも悪いか。

時刻を確認する。

まだぎりぎり外出できる時間。もちろん外に出るなんてできない。ただ、ホテルの敷地内ならば許されていて、そこには日本でもお馴染《なじ》みのコンビニがあるのだった。

もしかしたらソーイングセットが置いてあるかもしれない。

財布をボディバッグに入れ、私は真綾にコンビニに行くよと告げてから部屋を出る。

途中で出会った引率の教師に事情を説明し、ホテルの一階まで降りた。

敷地内とはいえ表道路にも面しているコンビニエンスストアには、入り口がふたつあって、道路側からふつうの客も入ってこれるような造りになっていた。私がソーイングセットを探してうろうろと店内を歩いていると、不意に「サキ！」と声をかけられる。

振り返ると、ペットボトルを片手に微笑《ほほえ》んでいる女性がいた。

メリッサだった。

彼女の抱えている籠には飲み物やらポテチやらが山ほど放り込んであった。

『わお。このホテルだったの？　なんて偶然。時間ある？　もうちょっと話さない？』

『ええと……』

迷ったけれど、英会話を試すチャンスだと思うと、ここで断るのももったいない気がして。少しだけならとOKした。メリッサはコンビニの精算を済ませると、大量のお菓子と飲み物を傍《かたわ》らに立っていた男の人に預ける。あれ？　と思ったのは親しげに話しているその男の人がレストランで会っていた男性ではなかったからだ。

レストランでキスをしていた男性はアジア系のストレートな黒髪の痩せた紳士だったけれど、こちらはドレッドヘアの小柄で陽気そうなお兄さんという感じ。家族ではなさそう。顔立ちがちがいすぎた。

受け取ったお兄さんはメリッサの頰《ほお》にキスをすると、袋を両手から提げたままコンビニから出ていった。

『いいんですか？』

『ん？　なにが？』

『友人を待たせてしまって』

『だいじょうぶ。どうせ、このあとずっと一緒だし。あと、友人じゃないよ。恋人』

は？　え？

聞き間違いだろうか。いま、恋人って言わなかった？

混乱しつつ、コンビニでソーイングセットを購入した。ついでに缶コーヒーをひとつ買ってから、メリッサとともにロビーの待合スペースへと移動する。

ここなら10分くらいなら話しても問題ないかな。周りに人もいるし。

ふたりして椅子に座ったところで携帯が震えた。通知がポップアップしてメッセージの最初の数行が目に入る。真綾《まあや》からだ。

『忙しかった？』

メリッサが邪魔だったかなという表情でそんなことを言ったので、だいじょうぶですよと返した。

カードゲームのお誘いだったのだ。10分程度遅れても問題ないだろう。念のために返信はしておくけど。

私が携帯のメッセージを打っている間に、メリッサは一本だけ手元に残しておいた缶のプルタブを小気味の良い音を立てて開けた。ぷしゅっというかすかな音とともに泡が立って、メリッサは素早く唇をつけた。くいっと美味《おい》しそうに煽《あお》る。ビールかな、あるいは発泡酒だろうか。かすかにアルコールの匂いがする。

『ん？　サキも呑《の》む？』

『いえ。未成年ですから』

『あれ？　日本って18歳からおとなになったんじゃなかったっけ』

よく知ってるなぁ。でも、それは誤解です。

『飲酒や喫煙が可能になる年齢はそのままなんです。あと、どっちにしても私はまだ17歳だからダメです』

『そうだったか。ごめんごめん。それじゃ、呑《の》みにも誘えないか』

『それも門限があるので無理ですね。誘っていただいて嬉《うれ》しいのですが』

『門限！　うわー、そんなのあるんだ。じゃ、恋人とも会えるのは昼間だけなんだね』

それは残念だねぇと本気で同情してくれていた。

そして、昼間しか会えないんじゃ、あんまりえっちにも時間とれないね、と言った。

……え？

『あれ？　伝わってない？　アタシの発音おかしい？』

いえ、そうではなくて。なんか今、一般的にはこんなところで聞いてはいけない言葉を聞いた気がするのだけど……。

メリッサは私に言葉が伝わらなかったと思っているらしくて眉を寄せて困り顔になった。

『んー。サキだったらいいかな』

『……なにがですか？』

そう英語で尋ねたのだけれど——。

「だからさ。性交。ベッドイン。シンジョをトモにする？　だっけ？　わかる？」

とつぜん日本語でそう言った。

「な、なんてことを大声で言ってるんですかっ」

メリッサは両手のひらで耳を押さえた。

「サキのほうがよっぽどうるさい」

はっとして、私はおそるおそる周囲を見回した。

幸い待合スペースには数人の観光客らしき人しかいない。誰も私たちに注目してはいなかった。よ、よかった。

「メリッサさん、いまの日本語……」

「あー。うん。すこしはわかるよ。アタシは半分日本人だから」

「えっ」

言われて、改めて彼女を見つめる。アジア系の顔立ちだとは思ったけれど、髪は金髪だし肌は褐色に近かったから意表を突かれたのだ。

「正確に言うと、母は台湾で父が九州のひと。日本に留学にきたときに知り合ったんだってさ」

「そうなんですか」

それから彼女はすこし込み入っている彼女の生い立ちを私にわかるようにだろう、日本語に切り替えて話してくれた。

彼女の話によると、台湾生まれの母が日本に留学して父と出会った。そのまま卒業後に結婚し、日本でメリッサを産んだのだという。だから彼女は日本国籍も持っていた。学生時代を日本で数年過ごしたことがあって、日本語もいちおうは話せるらしい。

「アタシの本名は、无美生《ウー・メイシエン》っていうんだ。さっきの彼もそう呼んでたでしょ。メリッサはイングリッシュネーム」

さっきの彼というのはコンビニで一緒だった男の人のことだろう。けれど、その男性がメリッサをどう呼んでいたのかまでは覚えていなかった。

「じゃあ、メイシエンと呼んだほうがいいですか？」

「サキならどっちでもいい。でも、できればメリッサって呼んでほしいな」

そう語ったときの表情にすこしだけ影が差した。

……何か理由があるのかな？

気になってしまう。私の顔色を読み取ったのだろうか、メリッサは考え込むような表情を浮かべてから、こんなことを尋ねてくる。

「サキはさ、恋人って何人くらい欲しいタイプ？」

いま……何人って言いましたか。

「ふつう恋人ってひとりなのでは？」

そう答えたら、メリッサはかなり大きめの溜息《ためいき》をついた。

「あー。そう答えるかー」

メリッサの言葉は私にとっては意外だった。

「どういう意味か、訊《き》いても？」

「アタシは恋人なら、ふたり以上ほしい」

「はい？」

「そんなに驚くようなことかな？」

「私は驚きます」

「でも、人を好きになる理由ってひとつじゃないでしょ」

メリッサの言葉を考える。

好きになる理由？

優しいからとか、かっこいいからとか、顔がいいからとか。そういうことだろうか。

「そうそう。趣味が合うからとか。相性がいいからとか」

「ああ、ウマが合うという――」

「からだの相性ね」

ちがった。

「そういう好きになる要素をひとりの人が全部もってるとは限らない」

「それは……そうですけど」

そんな万能な人がいたらお目に掛かってみたい。

「だったら、好きになっちゃう人がひとりのほうが不自然でしょ」

「ええ……？」

それは発想が飛びすぎなのでは。

「たとえば、さっきの陽気な彼はお酒の趣味が合うのね」

コンビニで会った男性のことだと見当がついた。

「呑《の》み友達ってことですか」

「体の相性もいい。ああ、ベッドの上の話ね。アタシの好きなことぜんぶしてくれる」

そ、そこは解説しなくていいです。なんて明け透けなんだ。

頬《ほお》が熱くなってくる。

「それじゃ、レストランの人は……」

「彼も音楽をやってるの。音楽性が合うっていうのかな。アタシは彼の作った音楽をもっと多くの人に聞かせたいって思ってる。でも、彼はどんなに愛を囁《ささや》いてくれても、アタシの体には興味ない」

そういうこともあるのか。

「好きな理由がひとつなら、大小を比べられるかもしれない。より大きいほうを取ればいい。でも、理由がひとつじゃないなら選べないでしょ」

「理屈はわかりましたが……」

「サキも変だと思う？」

「いえ――」

理解できないからといって否定する。そんな理不尽なことをしないだけの分別は持っていた。自分の倫理観は自分のためのものであって他人に押しつけるようなものではない。性愛のようなセンシティブなジャンルならば尚《なお》のこと。

「――否定はしませんが、ただ、気にはなるかも。その理屈だと、自分がひとりを選べないように相手も選べないことになるし」

「そうだよ」

あっさりとメリッサは言った。

「だとすると、あなたの相手のほうも、あなた以外にも好きな相手が居てもおかしくはないということになります」

「それはそう」

当然でしょう、というニュアンスで言われてしまった。

「ええとその……。では、あなたに複数の付き合っている相手が居ることを彼らは……」

「知ってる。そうでなければフェアではないもの。納得してくれる相手でないと成り立たないものでしょう、こういうのは」

そう笑顔で言われてしまって、私は言葉を失った。

考えたこともない価値観の持ち主、という人に私は初めて出会った気がした。メリッサに比べれば、工藤《くどう》准教授の、ロジックだけで作られた架空の倫理観のほうがまだ受け入れやすい。

「サキがさ。変って言わないでくれて嬉《うれ》しいよ」

はっとなる。

メリッサは視線を落としてぽつりと言う。

「日本で暮らしていたときには誰も理解するどころか、話さえ聞いてくれなかったから。それが息苦しくてこっちに来たんだけどね。でもこっちでも、アタシが日本から来たって分かると、それだけで貞淑さを求める人が多いことに気づいた」

金髪に褐色の肌であっても、とメリッサはやや自重気味に言った。

「だから、イングリッシュネームを？」

メリッサが頷《うなず》いた。髪を染め、化粧も寄せてイングリッシュネームを獲得し、それでようやっと理解してもらえる人との出会いが容易になり、心地よいコミュニティの中に身を置くことができたという。

メリッサは英語、中国語、日本語の3か国語を習得済みだという。けれど、あえて普段は英語のみを話すようにしているらしい。それを聞いて、私はメリッサのことがすこし理解できた気がした。

私が髪を明るく染め服に気を使うのも、元々の自分の体が、なりたい自分と少しずれているからだ。周りが体のほうに似合うよう、あれこれ言ってくるからだった。

読売栞《よみうりしおり》さんほどにも強《したた》かさがあれば、あんなふうにある意味で素の、和風美人の外見を保ったまま己を貫くこともできるのかもしれない。

けれど私は知っている。私はそこまで強くない。

自分が望まない方向に引っ張られないために、私は武装することにしたのだ。

「サキを見たときになんとなく直感で感じたんだ」

「えっ……」

「アタシと似てるのかなって」

レストランで目が合ったとき微笑《ほほえ》まれたのを思い出した。

「だから話してみたかった。推測は半分あたって、半分はずれたと思う。サキは、けっこう我慢しがちな性格なんだね」

「そう、見えますか」

「見える」

否定することは容易《たやす》い。意味はないけど。

「サキは、他人の視線、社会の空気、そういうものかなり気にしてる」

「そう、ですね」

この旅行中、他人の目を気にして私は浅村《あさむら》くんとあまり話せなかった。それを思い出せば自分が遠慮しがちだと言われても反論できない。

そう言われて、つい、かっとなって言ってしまう。

「日本語を話さない、という選択を取ることは窮屈とは言わないんですか？」

「好き勝手に振る舞える場所をもっておかないと破裂しちゃうよ、って言ってるんだよ」

突き放した口調で言ったのに、優しい言葉で返されてしまい。私は自分が図星を突かれたことを改めて自覚する。恥ずかしかった。

「自分が好き放題に生きても文句を言われないコミュニティを見つけておくこと、だよ」

好き勝手に生きろってことじゃなくて、人生のセーフハウスを見つけろ、というような意味だろうか。

最後にそう言い残して、メリッサは彼氏のもとへと帰った。

お酒を飲み、スナックを食べながら、今夜はふたりで夜通しアニメを観《み》るのだそうだ。

飲み残していた缶コーヒーをあおる。

すっきりとしない甘みが舌の上に残る。こんなことなら無糖にしておけばよかった。

部屋に戻ると、真綾《まあや》が佐藤《さとう》さんにカードゲームでボロ負けしていた。

「だから、沙季《さき》も混ぜたかったのにー！」

ボロ負けを回避したいから私を混ぜたかったって動機が不純だと思うんだけど。

「窮屈じゃないの？」

「だって、沙季ってこのゲーム苦手じゃん。いっつも2枚引いて、4枚引いて、せっかく上がりそうになっても宣言忘れて負けるじゃん」

確かにそうだけど。

いっつも、じゃないでしょ。たまにだよ。たまに。

「あ、あの、もう一回やりましょうか。そうしたらわたし手加減しますから」

「ゲームで手加減されても嬉《うれ》しくない！」

「あ、す、すみません」

しゅん、と落ち込んだ顔になる佐藤さん。真綾が珍しく慌てた。

「ち、ちがうの、りょーちん。りょーちんは悪くない！　悪いのは、ほら、こっちのおっかないねーちゃんだから」

「誰がおっかないねぇちゃんなの？」

「沙季？」

「疑問形で言うな」

「沙季が居てくれれば、手加減なんてしてくれなくてもわたしも勝てたんだから！」

事実かもしれないが——。

「そんなのわかんないよ」

「言ったね。じゃ、最後にもう一戦だけやろ！」

「そろそろお風呂入らないと消灯に間に合わないと思うんだけど」

「もう一回だけ。もう一回だけだから！」

はあ。しかたないなあ。

私が折れる前から真綾《まあや》はカードを配り始めていた。結局、一戦だけやって、佐藤《さとう》さんが勝った。私は接戦の末に真綾には辛《かろ》うじて勝った。

「あれあれ？　おかしいな」

「さ、お風呂だよ、ふたりとも」

「わたしはもう入りましたから」

佐藤さんは先にお風呂を済ませたらしい。えらい。

「じゃ、沙季《さき》、一緒に入ろ」

「なんで一緒」

「そうしないと消灯に間に合わないよ？」

私は時計を見た。

確かに順番に入る時間はないか。

「ほらほら」

「はいはい」

幸い、この部屋のお風呂は浴室そのものが広い。ユニットバスの浴槽の外でぎりぎり体が洗える気もする。地味に日本人にはありがたかった。

シャワーで簡単に流してから、私から体を洗うことに。

真綾はぽちゃりと湯船に浸《つ》かった。

「部屋に戻ってくるまでけっこう長かったねぇ。なんかあった？」

「あー、うん。それがね……」

体を洗いながら私は部屋に戻るまでのことを伝える。コンビニでメリッサと再会して、しばらくロビーで話していたと。

「ほうほう。恋人がふたりねー。なるほど、好きになる理由が複数あればその理由を同時持ちしてる御仁がいない限りは、好きになる相手は複数にならざるをえない、というわけでござるな」

「そうだけど。なにその言い回し」

「まあ、相手にも許容するならフェアではあるかな～。マッチングの問題だけだよね」

そう言いながら真綾が湯船から立ち上がる。

お湯が体に沿って流れ落ちておへそのあたりまで見えた。ほら、タオルでちゃんと隠しなさいってば。体を洗い終えた私は、彼女と入れ替わって湯船に浸かる。やはり体を沈められるほど湯を張ったほうが日本の風呂って感じでほっとする。

真綾が体を洗っているのを湯船に浸かりながらぼんやりと見守った。

ああ、なんか今日はとっても疲れた。

ほかほかといい感じに茹《ゆだ》った頭でぼんやりと尋ねる。

「マッチング?」

「こっちが良くてもあっちは嫌かもしれない。逆もあるでしょって話。合意が取れてて、実害がなければ問題ないけど」

「実害」

ぶっそうな言い回しだ。

「極端なケースを考えてみればわかるよ~。世界に男性ひとりで女性複数だけ生き残った場合とか、男性複数で女性がひとりしかいないとか。そんな世界で一夫一婦制を叫んでも人類絶滅しちゃう」

たしかに極端すぎる。

まあ、言いたいことはわかるけど。

「つまり、その場合は現在の日本でもっともふつうのモラルだと思われている一夫一婦制を守ろうとすると弊害があるってことね」

モラルは世につれ人につれ。あったりまえでしょ。工藤《くどう》准教授だったら、そんなふうにあっさり流しそうだ。

「そうそう。もちろん逆もある。だから、どんなモラルも他者の権利を侵害しない限りはできるだけ保存しようとするのが成熟した世界とゆーものなのだ」

「はあ」

「って、この前見たSFアニメで言ってた」

「真綾《まあや》の引用はアニメからしかないの」

「特撮もあるよ」

「せまいなぁ」

「広いよ。語ってみようか？」

「いい」

そんなの徹夜しても終わらないに決まってるもの。

「まあ、当事者が納得してるならいいんじゃないの？　納得してるなら。でも、たとえばさ、沙季《さき》だったら――」

そのときの私は、湯に浸《つ》かりすぎてのぼせそうだったから、思考はすっかり隙だらけだった。

「――浅村《あさむら》くんに浮気されたらヤでしょ？」

「絶対いや」

言ってからしまったと思った。

はっとなって真綾の顔を見ると、にやあと会心の笑みを浮かべていた。どうでもいいことだけれど、シャンプーで頭を泡だらけにしながらの真綾《まあや》の笑みは、ちょっとしたホラーだった。

「言ってしまったねぇ」

「う……その」

「ふふふん。今さら隠さなくてもいいんだよー」

「で、でも。兄妹《きょうだい》でそんなの……変かなって」

仲のいい友人だからこそバレたときのことが心配だったというか。

「なったばかりで血も繋《つな》がってない義理の兄と妹なんて、ほぼ他人だと思うけど。もちろん、だからといって、すべての義理の兄と妹がそういう関係になるわけじゃないよ」

「う、うん。だよね……」

「沙季《さき》だって、最初からそういう目で見ていたわけじゃないんでしょ？　どっちかっていうと、もっとドライに割り切った妹ポジションでいようとしたんじゃないの」

おっしゃるとおりです。

真綾はどうして私のことがこんなによくわかるんだろう。

「わかりやすいもん」

「そ、そう？」

「わたしにはね」

そうなんだ。

「やっぱり、ただの兄妹《きょうだい》じゃなくて、そういう関係になっちゃったんだねって感じ」

「うう……そんなに」

バレバレでしたか。

なんか、バレたらどうしようっていう心配していたぶんだけ、ほっとしたというよりも、どっと疲れが出てきた感じ。

「で？」

「で？　とは？」

「浮気が嫌なら、ちゃんと手綱を握っとかないとでしょ。してる？」

「な、なにを？」

「デートとか」

「あ、そっちか」

言ってから、さらにしまったと思った。いったい何を訊《き》かれたと思ったんだ、私。

「そっちじゃなくてもいいけど。そういう話はあとで枕を並べてじっくり聞かせてもらうとして」

「なにもないから」

「いいからいいから。だからさ、せっかくのふたりきりの旅行なんだし」

「ふたりきりじゃないでしょ。修学旅行でしょ」

「明日は若いふたりで思い切ってデートしたらどうかね～。ほら、幸い明日は浅村《あさむら》くんたちもセントーサ島だって言うし。自由に行動できるでしょ」

「そんなこと」

していいのだろうか。

「自由にさせちゃうと、浅村くんは班の女子たちと回ってるかもしれないなー」

む。

「最近、浅村くん服装とかも気を使ってるしなー。前より話しかけやすくなったって評判だよ？」

むむ。

「そうなの？」

「って、わたしが言っていた」

「あんたかい」

なんだそれは。

「ま、わたしは班のみんなが楽しい思い出を持ち帰ってくれれば満足なんだ。でも、みんなの中には沙季《さき》も入ってるんだ。だから……沙季自身はどう思ってるの？」

ざばっとシャワーで泡を流した真綾《まあや》は、髪をぺたりと顔に貼りつかせたまま私のほうを見ていた。にこっと笑みを浮かべる。ずるい。そんなふうに言われちゃ……。

「浅村《あさむら》くんとふたりで回りたい……です」

んふ、と鼻息を漏らして真綾《まあや》が笑う。

「はい。よく言えました」

「ううう。恥ずかしい」

でも、こういう風にくだらない話をしながらも気を使ってくれる真綾の顔を見ていると、私にとっては、この子が、メリッサの言う「受け入れてくれるコミュニティ」のひとりなのかなって思う。

真綾にとっての私も同じようになれていると嬉《うれ》しいんだけど。

「じゃ、浅村くんにちゃんとそう伝えるんだよ?」

「わかった」

恥ずかしさに死にそうだったので、私はざぶんと体を湯船に深く沈めた。目だけお湯から出している。

ありがと、真綾……。

つぶやきが泡となって口許《くちもと》から湯面へと浮かびあがった。

入浴を済ませて、髪を念入りに乾かしてから布団に入る。

眠りの淵《ふち》へと落ちる前に、私は明日の予定を思い返していた。

明日は一日をセントーサ島で過ごすことになっていて、班行動と言いながら、真綾は好きにしていいよと放り出していた。それは浅村くんたちも同じだって言っていたっけ。

そんなにうまく都合が重なるとは思えないから、きっと向こうの班長の丸《まる》くんと真綾が示し合わせたんだろう。佐藤《さとう》さんもあっちの班に友人がいるみたいだし。ひょっとしたらその子と一緒に島巡りをするのかもしれない。真綾はどうするのかな……。

充電器に繋《つな》げておいた携帯を手にする。

思い切って浅村くんにメッセージを送ってみる。たぶん、みんなと騒いで過ごした今日の熱に当てられたのだろう。真綾に背中を押されたのもあった。結局すっかりバレちゃったし。そうだ。浅村くんに真綾には知られてしまったことを言っておかないと。

【明日のセントーサ島、ふたりで回りたいけど。できるかな？】

それから言い訳のように、島を出ない限りは6人でまとまる必要はなく、自由行動だから、という文章を添える。

セントーサ島には水星《すいせい》高校二年生がいっぱいいる。でも、レジャー施設もたくさんあるから、示し合わせていない限りは顔見知りとそうそう出会うことはないと思うのだ。

抜け出して、ふたりきりで会っててもきっとバレない。

送ってから既読の印がついて返事が戻ってくるまでが永遠だった。こういうことをねだるのって相手の負担になるんじゃないか、とか。

通知音が鳴って心臓がぎゅっと掴《つか》まれたように縮む。

【わかった。班の人に話を通すから、抜け出すタイミングとか、正式な返事は明日まで待っててくれると助かる】

詰めていた息を大きく吐き出した。

ＯＫでもダメでもなくて、待ってくれという返事だった。確かに個別行動ができるからって、ずっとひとりきりとは限らないか。

とりあえず断られることはなかったわけだ。後は……明日次第か。

ほっとしたら眠くなってきた。うとうととし始めた頃に着信通知が鳴る。

目を擦《こす》りながら画面を見る。

【俺も綾瀬《あやせ》さんと一緒に回りたいと思ってる】

えっ。うれしい。

……返事はどうしよう。

迷った末にスタンプひとつを送るだけにしておいた。あまり喜び過ぎると、浅村《あさむら》くんに用事ができたときに断りづらくなっちゃうだろうし。

明日、ふたりで島を回れたらいいなと思いながら瞼《まぶた》を閉じた。

●2月19日（金曜日）修学旅行3日目　綾瀬沙季《さき》

紙に書かれた手紙を読むのには明かりを必要とする。

けれど、携帯のメールはバックライトを点《つ》けていれば闇の中でも読むことができる。

浅村くんからのメッセージだって、こうして頭から布団を被《かぶ》ってしまえば、届いたことさえ誰にもわからない。他人の好奇心も惹《ひ》かない。見咎《みとが》められずに読めるのだ。

頭から布団をこんもりと被ってごそごそと何かしている私の姿を外から見たらどう見えるか——そういうことは考えない。

目を覚ました私が最初にしたことは、携帯を手繰り寄せて布団にくるまり、LINEの通知を確かめることだった。

……返事がない。

まあ、まだ6時だし。朝食は7時からだから、起きていないのかもしれない。班の仲間たちに「ひとりで回りたい」と告げるにもタイミングがあるのだろう。だから返事がすぐに来なかったとしても、そう焦ることはない。

「ぷはぁ」

布団から頭を出して私は大きく息を吐いた。

横のベッドに座って髪を梳《と》かしていた真綾《まあや》と目が合う。

「沙季《さき》ってば、布団素潜り選手権でもやってるの？」

そんな選手権はないと思う。

「やっぱり暑いね」

「……だろーね」

真綾《まあや》の目が冷たかった。

バカなことをしているなという自覚はある。もそもそと布団から這《は》い出《だ》した。

身支度をして、食堂で朝食を食べて、それから携帯を見るけれどまだ返事がない。やっぱり困らせる提案だったかな、と、不安になってくる。

もういちど確認のＬＩＮＥを送ろうか。でも、しつこすぎると思われるかも。そんなことを考えていたら、メッセージを送れないまま移動時間になってしまった。

行先は同じセントーサ島だから、班行動の時間内だったら何時でも会える……はず。

焦らなくてもだいじょうぶ。私は自分にそう言い聞かせて班のみんなと一緒に島へと向かった。

シンガポール本島の南に浮かぶ小さな島――セントーサ島。

レジャー施設が豊富で、観光スポットとしても名高かった。ユニバーサル・スタジオ・シンガポール、メガ・アドベンチャーパーク、パラワンビーチ。私たちには入れないけれど、カジノもある。

シンガポール本島とは大きな橋で繋《つな》がっていて、自動車でもバスでもタクシーでも徒歩でもモノレールでもケーブルカーでも渡ることができた。ただし、島に入るときに入島料を取られる。

私たちの班が利用したのはバスだった。

片道4車線の長い橋を渡る間ずっと左右に広がる青い海が見えていた。

島へと架かる橋だけを見つめていると、アクアラインと大して変わらないようにも見え――いや、嘘《うそ》をついた。車線の数が全然ちがうし、海の色が南国っぽい。窓の外を眺めてみんなは盛り上がっていたけれど、私は携帯とにらめっこ。こっそりと浅村《あさむら》くんへとメッセージを送る。

【だいじょうぶなタイミングになったら連絡ちょうだい】

抜け出せるチャンスを見つけたら、という意味だ。たぶん、浅村くんも私たちと同じくらいの時間に島へと渡っているはず。

もしかしたら――。

私は顔を上げて窓の外を見る。

並行して走る車は何台かあるけれど、バスは見当たらない。もう島に渡ってしまったのか、それとも私たちの後ろにいるのかわからない。

溜息《ためいき》をつきそうになったところでＬＩＮＥの着信音が鳴った。はっとなる。慌てて携帯を覗《のぞ》き込《こ》んだ。

【返事が遅くなってごめん！　昼過ぎには抜け出して、会えるようにするから】

一行だけの短い返事だったけれど、私はほっとしてしまう。良かった。ちゃんと一緒に回ろうとしてくれている。でも、まだ言い出せてないのかな？

私のほうは、浅村《あさむら》くんとの秘密の関係が真綾《まあや》にバレてしまったし、だから班長である真綾の協力も得られそう。けれど、浅村くんはそうじゃない。

ひとりで島を回りたい、と言ったとしても友人たちから「付き合い悪いぞ」とか言われるのかもしれない。

昼には抜け出したいって言ってるから、それを信じようと思う。

たぶん、午前中は友人たちに付き合うつもりなんだろう。彼が交友関係を広げることを邪魔したくはないし、午後いっぱい会えるんだったら、それで充分だと思わなくちゃ――。

なんで早く来れないの、とか言っちゃだめだ。

そんなことを考え、このやりとり、どこかで覚えがあるな、と思った。

そして石を呑《の》み込《こ》んだように胃のあたりがずんと重くなる。

思い出してしまったのは、実父とお母さんとのやりとりだ。

お母さんの仕事は渋谷《しぶや》にある酒場のバーテンダーで、夕方から店に出て深夜過ぎに帰宅する。

それは仕事柄しょうがないことで、父だってわかっていたはずだった。それでも、会社を奪われて人間不信になっていた頃のあの人は、周りのすべてに疑いの目を向けていた。

今日も遅いのか。

そう愚痴るように、なじるように。

毎日毎夜、母を責めたてた。

子どもの頃の私は父の怒ったような声を聞くたびに体をすくめ、怯《おび》えつつも思っていた。

なんでそんなことを言って、お母さんを苦しめるんだろうと。

あのとき理不尽だったのは間違いなく父のほうだったはずで、遅くまで家に帰ってこない母を責めたてるのはやめてほしいと思っていたのに。

そんな父に対して母は黙って口を噤《つぐ》んでいた。

あの頃の父に対して言い返しても、相手の心に届かないことを母は感じていたのだと思う。論理ではなくて感情だったから。

携帯を覗き込む。

浅村くんからの通知はまだ来ない。

でも、彼には彼の付き合いがあるはずで、しかも今は学校行事であってプライベートの時間じゃない。そんな彼の即座の返信を望んでしまう私は、わがままだと。

わかっている。理性では。返ってこないメッセージに不信を募らせるのは理不尽だ。感情を、抑えきれずに吐き出した父のようにはなりたくなかった。

指で携帯の画面をなぞる。浅村《あさむら》くんへのメッセージを綴《つづ》る。

【無理しなくていいからね。会えそうになったらでいいから連絡ちょうだい】

私は携帯から顔をあげた。

「ねえ、真綾《まあや》」

「ん？　なにかなー。トイレ？」

「ち、ちがうってば」

周りにみんなが居るところで何を言ってるんだ、この口は。

「いひゃいよ～」

「ち・が・う・から」

「わひゃたから、ひっはらないで」

もちもちしてよく伸びてちょっと気持ちのいい真綾のほっぺたから両手を離して私は咳《せき》ばらいをする。

「お腹《なか》痛いのかなって。なんか険しい顔してたし。あ、便秘？」

「またつねられたいの？」

「自重する……」

「そうじゃなくて、この後の行動なんだけど……みんなはどうするのかなって」

「あー、それね。集合場所と時間さえ守ってくれれば好き勝手にしてくれても構わないいんだけど、そう言われると何していいかわからないって人もいるかなってことで、オススメの観光スポットは探して、LINEのノートに入れといた」

おお、と周りから声があがる。

佐藤《さとう》さんも感心したように「助かります。すごい……」とつぶやく。確かに。好き勝手でいいよと言って言質も得たのなら、サボっても怒られはしないだろうに。万が一を考えてこうして用意もしておくなんて。改めてお世話力の高さを感じる。

「オススメは、橋を渡ってすぐにあるユニバーサル・スタジオ。西のほうにちょっと移動して、メガ・アドベンチャーパークってとこかな」

「ふうん。どっちのほうがよりお勧めとかある？」

私の問いに真綾は腕を組んで考えるポーズを取る。

「どっちに行っても、どっちもどうせ1日じゃ回り切れないから変わらないかな～。どうしても体験したいアトラクションがあれば別だけど」

「そうなんだ」

「集合場所と時間は共有したとおりだから、帰りもバスだからね。時間厳守。なにかあったら連絡を入れること。観光スポットのたいていの場所だったら無料Wi-Fiが通っているはずだからね」

班員たちがいっせいに、「はーい」と子どものような素直な声で返事をした。我が班のメンバーは真綾《まあや》班長に全幅の信頼を置いているようだ。私もだけど。

「セオリーとしては遠いほうから回るほうがいいかな。ついお土産を買っちゃって、それをもったまま移動とかになるとシンドイでしょ」

真綾の言葉にみんなも頷《うなず》いた。

それからバスを降りるまであれこれ検討した結果、男子たちはメガ・アドベンチャーへ、私たち女子3人は途中で佐藤《さとう》さんの友達のみおちゃんを含めた数人と合流して、6人所帯でユニバーサル・スタジオ・シンガポールへと行ってみることになった。

やはり男の子たちは「アドベンチャー」という言葉の響きに勝てなかったらしい。「しかもただのアドベンチャーじゃない、メガなんだぜ」と言われても、私にはピンとこなかったけど。「しかも」って何が「しかも」なのかもわかんなかったし。

男の子ってほんとにメガとかギガとか好きだよね、と真綾が言った。どうやら真綾にはよくわかっていることらしい。弟ズがいるからかな。

私たちはユニバーサル・スタジオのチケット売り場を目指して歩き出した。

大きな青い地球儀にアルファベットでユニバーサルのロゴが張り付いている独特の意匠

が見えてきたあたりで、真綾が声を低めて囁《ささや》いてくる。

「いいの？　入っちゃうと、すぐに出られないかも」

浅村《あさむら》くんとの待ち合わせがあるんじゃないの？　と、そういう意味だろう。

けれど、浅村くんからのメッセージはバスを降りるまでに届いていなかったのだ。

何もしないで待っていると、不安だけが積もる。

「だいじょうぶ。気にしないで。一緒に楽しもう」

それが今の私には必要だ。

浅村くんから連絡がきたら、そのときに考えればいい。たぶん、今頃はこの島のどこかにいるはずなんだ。だいじょうぶ。彼は抜け出してくると言ったのだから。

チケットを購入して、私たちはテーマパークへと足を踏み入れたのだった。


お日様が真上にあがった。

照りつける日差しは昨日にもまして増し増しで、気温は急上昇。今が2月の下旬だということを忘れそう。シンガポールは2月までは雨季のはずで、いつ雨が降ってもおかしくないと言われていたんだけど天気に関しては恵まれたみたい。日焼け止めの効果を願いつつ、私たちはテーマパーク内をあちらからこちらへと歩き回った。

そうして昼を過ぎるまでは遊ぶことに夢中になれたんだ。

女子だけの大所帯という気安さもあったのだと思う。

意外だったのは、絶叫系のアトラクションをいちばん喜んだのが佐藤《さとう》さんだったことだ。何度も乗りたがるから、私は日差しを遮る屋根の下に避難して、真綾《まあや》や佐藤さんたち、元気な子だけで行ってきてと送り出した。

私は、とてもじゃないけど三半規管がもたない。大型液晶テレビの3Dゲームでも酔うんだ。むり。あと、怖い。

満喫し満足げに帰ってきた真綾たちを迎え、パーク内のレストランでランチを食べて、午後もひとつふたつアトラクションを回ったところで、もうすこし観光もしたいなと真綾が言った。

それじゃあ、と私たちが向かうことにしたのがパラワンビーチだ。

午後の3時を回り、既にお日様は天頂から西へと向かって滑り落ちつつあった。日差しも落ち着いてきている。

時間を確認するフリをして携帯を見る。

午後になってから見直す頻度が増えていた。

通知は来ていない。

シンガポール政府が無料のWi-Fiを至《いた》る処《ところ》にせっせと張り巡らしているとはいえ、次いつ繋《つな》げられるかわからなかったので、私はLINEを立ち上げてメッセージを送っておくことにした。

【これからパラワンビーチに行きます】

時間的にもその後はもう土産物を買うくらいしかできないだろう。ふたりで思い出を作れるとしたら、ビーチに来てもらうしかなさそうだった。送信しつつ、入れ違いでどこかに来てくれ、と送ってくる可能性もあった。待ち合わせ場所のすれ違いなんて起こって欲しくないけれど、そうなったらそうなったでもう仕方ない。

一分ほど待ってみたけど、既読の印も付かない。ちょっと気にはなった。何かあったんだろうか。

【そこで待ってるね。動くときはまた連絡いれるから】

こまめに携帯を繋げられればいいんだけどな……。

「じゃ、移動しよ～」

真綾の声に私は立ち上がる。

みんなで最後の観光地へと移動を開始した。

セントーサ島は、地図アプリで見ればわかるんだけれど、南に突き出した逆三角形をしている。パラワンビーチは、セントーサ島の南西部（左上から右下へと斜めになった部分）にあった。

地図上からだと数字の3みたいな形に見える海岸だ。

ユニバーサルスタジオから南へ2キロとちょっと。徒歩で30分ほど。地図アプリ上でも歩けるらしいとわかったので、私たちはせっせと歩くことにした。

どうせなら景色をじっくり見たいし。

「道に迷ったらその辺の人に訊《き》けばいいからね、沙季《さき》が」

「私が!?」

「この中でいちばん英会話が得意なのは沙季だと思う」

真綾《まあや》が言って、佐藤《さとう》さんが全力でうんうんと頷《うなず》いている。

そ、そこまで得意なわけじゃ……と私は思ってしまうのだけれど、昨日の帰り、バスの中でメリッサと会話してたの、そういえば私だけだったか。

先ほどまで中を歩きまわっていたテーマパークの外周を私たちは歩く。パークを出たばかりのところはショッピングモールになっていて、飲食店も多く目についた。昼食をしっかり食べたから入ろうとは思わなかったけれどね。かすかに見えているアトラクションからは澄んだ空気を通して歓声がかすかに聞こえてきていた。

ショッピングモールを抜けて幹線道路らしき道が脇を走る歩道へと出る。同時に、頭上を遮ってくれていた天蓋もなくなる。青空が広がった。

傾きつつあるとはいえ日差しはまだ充分に残っていて、見上げていると目に痛くなるほど。歩いているだけで肌が汗ばんだ。気温もかなり上がっている。

「こうなると帽子だけじゃなくて、日傘もほしいね」

真綾が言って、佐藤さんがまた全力でうんうんと頷いている。

確かに熱中症になりかねない日差しだった。

道路沿いの歩道を延々と歩く。

左右には森かと思うほどの木々が生えていて、見えている範囲にお店らしきものは見当たらない。

「この森の向こうにでっかい立派なホテルがあるらしいよ」

真綾が言った。

地図上でも確認できる五つ星ホテルのことだろう。

木に遮られてまったく見えないけど。

眺めている木々の中に当たり前のような顔をしてパームツリーが混ざっているのが面白かった。

「あ、海……」

佐藤さんの声に弾《はじ》かれたように顔を前に戻す。

細い道路が左右に波打つ先、空とはちがう青が小さく見えていた。

「わあ！」

真綾《まあや》の声が弾む。

「ここって、海だー！って、駆けだして行くべきかな！」

「やめなさい。あぶないでしょ」

言っておかないと、本気で走り出しかねないのが真綾の怖いところだ。

「アオハルっぽいのに」

「異国語を大声で叫びながら歩道を走っていく少女が周りからどう見えるかについて講義してほしい？」

「平和だなあ、じゃないかな」

「否定しないけどね……」

「奈良坂《ならさか》さん、そういうのは――」

「そろそろ、まあやって呼んでいいんだよ、りょーちん」

「――真綾さん、そういうのは砂浜に着いてからでいいんじゃないでしょうか」

「そうか！　りょーちん、天才！」

真綾ったら、指でピースサインを作って佐藤《さとう》さんにずびっと突きつけた。

りょーちゃんがこんなにすぐ仲良くなるの初めて見た、と、佐藤さんの友達のみおちゃんがほんのり嫉妬を含みながらも素直に驚いていた。

「みんなで砂浜を背景に肩を組んでチアダンスしよう！」

とつぜん真綾が何か言い出した。

「やらないから」

「脚を高くあげて写せば、お兄ちゃんも喜ぶよ」

「ぜったいしない！」

はっ。思わず大声を出してしまった。

「やっぱり綾瀬《あやせ》さんってお兄さんがいるんですね。それとも、ええと……ぞくせい？　の話なんですか？」

佐藤さんが言った。

「えっ、まあ。……いる」

「いいなあ。あたし、ひとりっこだから兄弟に憧れます」

「憧れのお兄ちゃんなんだよねえ」

「うらやましいです」

「もう！　その話はいまは関係ないでしょ」

私がもうやめてと話を切ろうとすると、にまっと真綾が笑みを浮かべた。

そして口許《くちもと》だけ動かして言ってくる。

「れんらく、まだなんだね」

「う……」

こくりと小さく頷《うなず》く。真綾《まあや》にはぜんぶお見通しか。

歩いているうちに、どんどん海が大きく見えてきた。

潮の香りが風に乗って流れてきて鼻をくすぐる。南国だろうと海からは磯《いそ》の香りがするのだ。あたりまえか。海は繋《つな》がっているんだから。

ついに目の前が開けると左右に砂浜が広がった。

「うわあ、砂浜が真っ白です」

佐藤《さとう》さんが感嘆して言った。

その向こうには青い海と青い空。

右斜め前方に小さな島が見えた。

「あれがパラワン島だよ。ほら、有名な吊《つ》り橋も見える」

見えている島に向かって、細い細い橋が架かっている。長さは……50メートルくらいかな？　海面すれすれを這《は》うように延びていた。

「有名……なの？」

「まあ、ガイドブックとか、パラワンビーチを紹介してるようなインターネットサイトだとたいてい写真付きで載ってる」

「あんなに頼りない橋だと、おっかないです……」

「だいじょうぶだよ、りょーちん。落ちても1メートルくらいしかなさそうだし、そもそも、落ちないように左右が網になってるっしょ」

　真綾の言うとおり、細い吊り橋は胸の高さまで左右に転落しないよう網が張られているようだ。

「なる……ほど？」

　いちおうそれで納得しておこう。

「じゃ、行ってみようか！　パラワン島は小さいから渡って、ぐるっと回るくらいはできると思うよ！」

「う、うん」

　でもほんとに渡るの？

　白い砂浜の道を歩くと、茂る林の中に吊り橋の入り口が案内板とともにあった。案内人の誘導に従って、まるで壁のように視界をふさいでいる緑の中の道を進むと、ぱっと開けて吊り橋の袂《たもと》へと辿《たど》りつく。いきなり海と細い橋とが目に飛び込んできて、どきりと心臓が跳ねた。これ、もしかしてワザとこういう造りになっているんだろうか。

「走ったら危ないからゆっくり渡ろうね」

　いちばん走りそうな真綾がそれを言うか。

　でも、真綾の言うとおりだった。

　人ひとりがようやっと渡れる幅の吊り橋は歩くに合わせてゆらゆら揺れる。

私にとっては、今日経験したアトラクションのどれよりもおっかないかもしれない。幅が狭いから島から戻る人とすれ違うときは左右のどちらかに寄らねばならず、すれちがいざまに体がぶつかったりすると、張ってある綱をつい掴《つか》んでしまう。心拍数はどきどきと跳ね上がって、落っこちたりしないとわかっていても心臓に悪い。

足下の左右には透き通った海の青が見えている。

ようやく向かい岸に辿《たど》りついて固い地面を踏んだときは安堵《あんど》のあまり大きく息をついてしまった。

その辿りついた岸をちょっと進んだだけで、もう島の反対側の海が見えてしまう。

「めっちゃ小さい島だあ」

真綾《まあや》の言うとおりだった。拍子抜けするほど小さい。まあ、これなら確かに島をぜんぶ歩きまわることも容易《たやす》いだろう。

私たちはパラワン島をぐるりと巡り、砂浜の砂を手に取ってみたり、潮風を吸い込みながら左右にどこまでも広がる海を見つめたりして過ごした。暑さは峠を過ぎていたけれど、さすがに歩き疲れたから、中途にぽつんと何故《なぜ》か置いてあった、たったひとつの椅子にかわるがわる腰かけて休んだり……。

「明日にはもう帰るんだよねえ」

真綾が言った。

「なんだか夢みたいですよね。私たちほんとに外国にいるんですね」

そう言いながら佐藤《さとう》さんは携帯のカメラで沖合に見えている大きな船たちをカシャリと写真に収めていた。日が傾きつつあって光量が少し足りない上に逆光なのが残念だとちょっと悔しそう。

「あんまりたくさんは観光できなかったな～。もういっかい来たいよねー」

「来れるでしょうか」

「もっと旅費が安くなれば毎週だって来れるんだけどさー。いいところだよねぇ。きれいだし、安全だし、英語が苦手じゃなければなぁ」

「英語は得意でしょ、真綾は。苦手なのは英会話でしょ」

私は真綾に突っ込んだ。

「優秀なガイドを雇えばいいんだよ」

「私のことを言ってるわけじゃないよね」

「沙季《さき》、新婚旅行をシンガポールにしない？」

「なんで他人の新婚旅行に同行して海外旅行ができるっていう発想になってるの」

突っ込みどころが多すぎる。

しばらく休んでから島からビーチへと戻ろうということになった。ビーチに辿りついたところでいちど振り返る。

傾いた太陽は水平線へと近づきつつあったけれど空は青さを残していた。

日本だったら、そろそろ夕暮れという頃合いなのに。

「まだ明るいね」

「こっちって夜の7時を過ぎてもまだお日様残ってたからね～」

「シンガポールの日没は19時20分頃らしいです」

佐藤《さとう》さんが教えてくれる。

「ん？　りょーちん、いまググった？」

「はい」

「おっ。ほんとだ。ビーチ側だとかすかにＷｉ－Ｆｉが、あ……おー」

真綾《まあや》が変な声をあげてから、私のほうへと顔を向けてくる。

「まだ、ここに居たい？」

「え？」

どういうことだろう。

「ここから集合場所までバス一本だからさ、ちょっと先に行っててもいい？　お土産買って待ってるから」

私は自分の送ったメッセージを思い出した。

【パラワンビーチに行きます】

【そこで待ってるね】

　確かにそう送った。動くときにはまた連絡を入れると。けれど、パラワン島で携帯をちらりと見たときは着信がなかったしＷｉ－Ｆｉも繋《つな》がっていなかった。どうしようかと実はかなり不安だった。このまま連絡がつかなかったら、ここでずっと待っていなくちゃいけなかったわけで。

「景色のきれいなところ、たぶん、ここで最後だしさー」

「あ、誰かと待ち合わせですか」

　佐藤さんの言葉にどきっとする。

「どうして」

「だって、なんかずっと綾瀬《あやせ》さんそわそわしてる感じでしたし」

　真綾がぷっと吹き出した。

「沙季《さき》はそろそろドライガールの看板を降ろしたほうがいいかもね～」

　どら……。人を妙なふたつ名で呼ばないでほしい。私は別に自分をそこまでドライだと思ったことはない。ただ、なにものにも心を揺らされることなく、強く生きたいと願っていただけなのだ。

「まだお日様も残ってるし。ここなら人目もあるから安全だとは思うよ。でも、集合時間は厳守だからね」

「私もお土産買いたいからお供します」

「もちろん誘うつもりだったんだよ～。では――そういうことでぇ」

「お先に行ってます」

「って……えっ、いいの？」

私が何か言う前にふたりとも歩き出してしまっていた。呼びかける声に振り返った真綾《まあや》は親指を立てて口だけ動かした。

がんばれ。

――もう、強引なんだから。

幹線道路のほうへと歩いていくふたつの背中を見送りながら私は大きく息を吐いた。

それから携帯を取り出して見る。

ほんとだ。Ｗｉ－Ｆｉ繋《つな》がってる……。

ただ、着信の履歴はなく、メッセージも更新されていなかった。

私はぼんやりとあたりを眺め、もういちど吊《つ》り橋へと戻った。

橋の中ほどまで戻って立ち止まった。

太陽が空と海の境界線へと向かって落ちつつあった。あたりに比較するものがないからか、お日様が小さく見える。

橋の真ん中にいると、周りは海だけになって世界にぽつんと自分だけになったような気分になった。

聞こえる音といえば、空を飛ぶ鳥の声。打ち寄せる波の音。時折り強い風が吹いて吊り橋に吹きつけ、ピンと張られた網がかすかにあげる弦の鳴るような音。遥《はる》かな沖合にたむろしている大きな船のほうから時々汽笛も聞こえてくる。

時間的にも観光客が引き上げつつあるのか、橋を渡る人がいなくて、そうやってぼうっとさまざまな音に耳を傾けていることができた。

浜辺のほうに視線を向けると、そちらはまだ人の群れが残っているのが見えた。歓声が聞こえてくる。

パラワン島のほうから男女のふたり連れが戻ってきた。私は慌てて片側に寄る。新婚夫婦だろうか。手を繋ぎながら楽しそうに笑顔を向け合っていた。「Excuse me.」と言って背中側を通っていく。端に寄った私の背中側を通り過ぎるとき、ちらりと背後を窺《うかが》っていると、私の見つめていた傾いた太陽のほうへと視線を向けて、感動したような声をあげた。

右から左まで視界いっぱいに広がる水平線の彼方《かなた》へと沈んでいく太陽なんて確かにそんなに見ることのできる光景じゃない。

ふたりにとっては思い出に残る景色になるのだろう。

数歩ほど離れた距離で私と同じように西の空をしばらく見つめていた。男性のほうが、ぎゅっと女性の肩を抱き寄せて顔を近づける。女性も彼と見つめ合いそのまま――。

はっと気づいて私は慌てて視線を逸《そ》らした。

じろじろ見るのはマナー違反だ。

しばらくそのまま溶け合うように抱き合っていたふたりが遠ざかり、私はようやっと息を吐き出した。

すぐ近くに私がいるのにお構いなしだったな、あの人たち。

はあ。

遠いところに来たんだな……と感慨にふけってしまう。ここが外国だからなのか。あのふたりが新婚夫婦だからなのか。それとも私の価値観が古めかしいのか。

「いいなあ」

自分のつぶやきに気づいて、私は慌てて口許《くちもと》を手で覆う。それから誰もいないのにきょろきょろと左右を見回してしまった。はず。

欲望と理性のバランス——つまり倫理の境界線はいつの時代もどんな場所でも常に論争の的だ。

白河《しらかわ》の清きに魚も棲《す》みかねて　もとの濁りの田沼《たぬま》恋しき
日本史で習ったばかりの半可通の知識が頭を過《よ》ぎる。

でも、あんなふうに人目も憚《はばか》らずというのはちょっとどうなんだ、という思いと、そもそも人間も動物だしなあという悟ったような思いと。

私は浅村《あさむら》くんに対してはまだ遠慮している。自分の欲望を押しつける、ということに恐れを抱いている。いやちがう。押しつけてるのではないかと思ってしまって、自分自身の欲望を明かすことさえ、なかなかできない。

すり合わせを大事にしよう、そう話してきたのに。

すり合わせをするには己の手札を伏せずに開示しなければならないのに。

嫌われてもいいから自分の都合をちょっとだけ明かしてみる。嫌だと言われてから考えればいい。

なのに、私は勝手に先回りして考えてないか？

携帯を片手に吊《つ》り橋を戻る。

ビーチに辿《たど》りついてうろうろすると、ようやくＷｉ－Ｆｉが繋《つな》がった。

【パラワンビーチの吊り橋にいます。来てほしいな】

居場所がわかりやすいように橋の上を待ち合わせ場所にして、待ってる、じゃなくて、素直に「来てほしい」と綴《つづ》ってから送信。

直後に既読の印がついて息を呑《の》む。

【待たせてごめん。いま行く】

えっ。

慌てて顔をあげるけれど、先ほどから見かけていた人たちの姿しかない。

いま、って、いつだろう。

不安に絡めとられながらも私は吊《つ》り橋へと戻った。

水平線へとじりじりと落ちつつある太陽の姿に自分が重なる。背後から夜闇が忍び寄ってくる気がする。心細さと苛立《いらだ》ちがほんのすこし。

足音と、かすかな震動を感じて、私は見つめていた太陽から視線を外して振り返った。

息を切らせてこちらに向かって走ってくる男の子の姿を見て、私はぎゅっと心臓を掴《つか》まれたようになった。シルエットだけでも誰かわかる。

汗だくで、はあはあと息を整えながら駆け寄ってきた浅村《あさむら》くんが言う。

「ごめん……遅くなった……！」

姿を見て安堵《あんど》して、ここまでの落ち込んだ気持ちは全部吹き飛んでいた。

いったい何があったんだろう、とか。

どうしてこんなに遅れたの、とか。

聞きたいことは山ほどあったし、浅村くんのことだからちゃんと理由があったんだと思う。理性ではそう思う。

けれど、我慢しただけでは伝わらないものもあるのだと気づいた。

ひとりで待っていたときの心細さと苛立ちをなかったことにはできない。

ああ、あの人は母にそれをぶつけていたのか。

ぶつけて、なじって、責めて。

それだけで終わってしまって。

「すっごく待ってた」

そう告げたとき、浅村くんの顔が歪《ゆが》む。いつかの母の顔と重なる。だから、私はすぐにこう添えた。

「でも、来てくれたから――」

そう告げてから、もっと大切な気持ちがあったことをちゃんと思い出した。

近寄って、両腕で抱きしめる。

「会えて、嬉《うれ》しい」

夕日に溶け合うように私たちはひとつになった。

●2月19日（金曜日） 修学旅行3日目　浅村悠太《あさむらゆうた》

丸《まる》と吉田《よしだ》が早起きできることは昨日の経験からわかっていた。

そして彼らが起きれば即座にアドベンチャーに出かけてしまうだろうことも。コンビニ詣でに行くだけなんだけれどね。

ひとり取り残されることも承知の上。だからアラームをセットしておいた。

――はずなのに鳴らなくて。

サイドテーブルにある時刻表示が目に入り、ああ、7時か。朝食の時間だなと考えてから慌てる。

もう7時？

寝ぼけた頭で携帯を手探りで探した。

俺を起こさないようにという配慮だろう、カーテンを閉めていってくれたおかげで部屋の中は真っ暗のままで、置いていたはずのテーブルの端に手を伸ばすが何も手応えを感じない。

おかしいな。

しかたなく明かりを点《とも》して探すと、床に充電器と共に落ちていた。手でも当たってしまって落ちたのか、地震でもあったのか。いやシンガポールには地震はない。ということはこれは事故だ。コードは抜けてしまっており、携帯をもちあげても画面は暗いまま。電池の残量がゼロ。

そのことの意味に焦る。つまり、何か連絡が入っていたとしても、綾瀬《あやせ》さんからの着信があったとしても俺は気づいていなかったということ――おちつけ。

充電器を繋《つな》ぎ直し、復帰を待つ。

見慣れたロゴとともに画面が明るくなり、着信アリにどきりと心臓が跳ねる。

「……丸からか」

朝食の時間だという知らせだ。他には何も通知は来ていなかった。ＬＩＮＥも昨夜のままで止まっていることを確認してから部屋を出る。携帯は充電器に繋げたまま、部屋に置いていくしかない。

「おう。浅村、遅かったな」

「携帯がバッテリ切れだったんだ」

そう返してからバイキング形式の朝食を取りに行く。

食事の間に考える。さすがにこの時間の間に充電が終わるとは考えにくい。かといって終わるまで部屋で待機することもできない。班行動時間内に各自で自由に行動できるようにしたとはいえ、ひとりで部屋にぽつねんとしていたら体調でも崩したのかと思われるだろう。

「丸《まる》、コンビニに寄る時間くらいはあるかな？」

「食ってすぐ動くようなスケジュールは組んどらんからだいじょうぶだ。なんだ、お腹《なか》でも壊したか」

そういうことは事実だったとしても言わないでほしい。

「苦い丸薬ならもってきているぞ」

「いや、いい。そうじゃなくて、携行できる充電器が売ってないかなって思ってさ」

「時間は問題ない。セントーサ島との往復だけは一緒に行動することになってるから集合に遅れなければいいぞ」

「わかった」

「予備のバッテリなら持ってきてるが。使うか？」

丸が言ったけれど遠慮しておいた。彼にだっていつトラブルが訪れるかわからないし。

「ところで、女子たちは？」

昨日の朝食は6人で食べていたはずだ。

丸が、くいっと顎の動きだけで俺の視線を誘導した。見ると、3つほど先のテーブルに女子たちが大勢集まって何やら打ち合わせをしている。しかも、どうやら俺たちのクラスだけではない生徒も一緒だ。

「あっちと組んで、今日は行動？」

「だ、そうだ」

「それはよかった」

予定があるなら何よりだ。

「まあ、新庄《しんじよう》は女子人気が高いからな」

「新庄？」

丸に言われてからもういちど集まっている集団を見やると、女子だけではなくて男子も数人混じっていた。その中に隣のクラスの新庄がいる。顔を上げた彼と視線が合う。ようと軽く手を振ってくる。こちらも会釈を返しておいた。

「おまっ。あいつと仲良いの？」

吉田《よしだ》が驚いた顔で言った。

「まあ、それなりに」

「あいつ、なんで女子ばっかの集団にあっさり馴染《なじ》んでるんだろうなぁ。うらやましい」

「そう？」

仲が良いなら良いことなんじゃないのか。俺だったら、あんなに大勢で行動するとなると、気後れしちゃうし気疲れしちゃうけど。

「そう？　じゃねえ。なにを彼女持ちか仙人みたいなことを言ってんだよぉ、浅村《あさむら》ぁ！」

「えっ、ダメ？」

「ダメじゃない。ダメじゃないけどよ。ライバル減るし。でもなんで浅村《あさむら》、そんなに達観してんの？　もしかしてほんとに実は彼女持ちなのか。そんなまさかおまえ……」

俺は慌てて首を横に振る。朝っぱらから食堂でなんてことを叫びだすんだ吉田《よしだ》は。

「はぁ。俺も女子と一緒に遊び回りたい人生だった……。灰色の青春しか見えねぇ。恋人つなぎをして夢の国のネズミを追いかけ回してぇ」

追いかけ回すな。可哀《かわい》そうだろ。

「なあ、丸《まる》。ちょっとお得意の蘊蓄《うんちく》で呪いの言葉とか教えてくれん？　なに、20年後に確実に禿《は》げるとか、腹が出るとか、そんなんでいいから」

やけに具体的な呪いだな……。

「呪いの言葉かどうかは知らんが……。エコエコアザラクとか、エロイムエッサイムとか、コノウラミハラサデオクベキカとか。ま、色々あるが。やめておけ」

「なんでよ？」

「考えてみろ。おまえにだっていつ幸運がやってくるかわからんのだぞ。島で昨日のようにどこかの班と偶然にも合流したらどうするんだ？　呪ってる場合か？」

「そんなこと……はっ、あるかも！」

一気に表情が明るく晴れやかになるのだから現金だな。

「浅村よ、こいつのは陽キャの戯言《たわごと》なんだ。放っておいてやれ」

「そうなの？」

とっても恨めしそうだったけど。

「覚えておけ。欲望を素直に口に出せるやつを陽キャと呼ぶんだ。真の陰なる者はそんなことを口に出せる勇気なぞない」

なるほど、一理あるようなないような。

「……丸も？」

「ノーコメントだ」

朝食を終えると、丸と吉田を先に部屋に帰して、俺はコンビニに寄って携行用の充電器を買った。乾電池を入れて使えるやつだ。電池も多めに買っておいたから今日一日くらいは持つだろう。

部屋に戻って確認したけれど、充電率はようやっと2割といったところで、やはり出発までには終わりそうにない。幸い、綾瀬《あやせ》さんからの着信はなかった。やはり彼女も朝は忙しいのだろう。

バスに乗ってセントーサ島へと向かう。

移動の最中に綾瀬さんからのメッセージを受け取った。

【だいじょうぶなタイミングになったら連絡ちょうだい】

抜け出せるチャンスを見つけたら連絡をくれ、という意味だろう。

おそらくは綾瀬《あやせ》さんの班もいまごろ俺と同じようにセントーサ島へと渡っているはず。

もしかしたら、このバスの前後のバスに乗っているのかもしれない。公共交通機関内ならＷｉ－Ｆｉが繋《つな》がるから。

すぐに返事を送ったら、届くだろうか。

そして、それを見ることが可能な状況なんだろうか。

「浅村《あさむら》――」

隣に座っていた丸《まる》にいきなり声を掛けられて、俺は慌ててスマホを降ろして丸へと振り返った。

「なに？」

「各自で好き勝手にしていいとは言ったんだが。おまえ、今日は何をするか決めたか？」

「あ、いやとくに決めてないけど？」

「そうか。ふむ。なあ」

言いながら丸は自分のスマホを覗《のぞ》き込《こ》んで、何やら画面をスワイプしている。

なんだろう？

「おまえ、土産はもう買ったか？」

「え？　それは明日でいいかなって」

最終日の明日は自由行動の時間がほとんどない。ほぼ帰るだけだ。

だが空港でお土産を買う時間は確保されていた。親父《おやじ》たちに何か買っていこうかなとは思っているけれど、近場に親戚が住んでいるような状況でもないから、お土産の数はそこまで多くはならない。だからあまり深く考えてはいなかった。

ああ、バイト先には買ったほうがいいか。お世話になってる先輩もいるしな。

「そうじゃない」

丸は声をわざわざ小さくして言う。

「妹にだよ」

――へ？

正直に言おう。その発想はまったくなかった。

丸は、俺の親が再婚したことも、義妹ができたということも知っている。そして夏頃まではその義妹を小さな女の子だと勘違いしていたのも事実だ。でも、今はもう俺の義妹が綾瀬さんであることも知っているはずなのだが……。

「同じ場所に一緒に旅行している相手に土産って買わないんじゃ……」

旅土産というものは、自分だけの経験を親しい相手と共有するために必要とするものだ。同じシンガポールの地で旅行している綾瀬さんにシンガポール土産を買っても意味があるようには思えない。

「俺の言い方が悪かったか。何か買ってやったらどうだって話だ。思い出になるだろ」

「あ」

そういうことか。

わからないでもない。中学の修学旅行でも木刀買ったり妙なペナントを買ったりしたっけ。今から考えると、なんであんなものを熱に浮かされたような気分で買ってしまったんだと思う。けれど、部屋の片隅に貼られもせずにおいてある三角のペナントを見るたびに、旅行したクラスメイトたちを思い出したりもする。

バカだったよなと苦笑しつつも、だ。

ふたりで旅行した思い出、か。そういうのは本当はふたりで一緒に買ったほうがいいんだろうけど。サプライズでちょっとした品を渡すってのもありかも。

考えてみたら、それはありな気がしてきた。

「なにかお勧めの店ある？」

丸《まる》に尋ねた。

「そうだな。俺と吉田《よしだ》はこれからUSSに行くつもりなんだが。そこなら中にも外にも店はいっぱいある」

USSとはユニバーサル・スタジオ・シンガポールのこと。たぶんセントーサ島で観《み》たい観光スポットの筆頭だろう。丸と吉田だけでなくまずはUSSという生徒も多い。実際、

　俺たちの班の女子たちもとりあえずＵＳＳだそうだ。俺は考える。ひょっとしたら綾瀬《あやせ》さんも行っているかもしれない。だとしたら、抜け出して会うのも楽になるかも。

　島に着く時間を考えると、すぐに昼食タイムになる。綾瀬さんがどこでランチを取るかわからないけれど、待ち合わせに成功するまでメシを抜かせるのも悪い。それにプレゼントだったらサプライズのほうがいいだろうから、できれば買うまでは内緒にしておきたい。

　考えてから綾瀬さんにメッセージを送る。

【返事が遅くなってごめん！　昼過ぎには抜け出して、会えるようにするから】

すぐに既読の印は付いた。

　そしてしばらくして返信が来る。

【無理しなくていいからね。会えそうになったらでいいから連絡ちょうだい】

内容を確認してから俺は丸へと顔を向け、ＵＳＳまで付き合うよと言った。

　ユニバーサル・スタジオの入り口で丸たちとは別れた。

ショッピングモールをひとりでうろつくがあまりにも数が多くて目移りしてしまう。

とりあえずファストフードの店に入って昼食を取り、それからふたたびモール内をうろつくことになった。

　何が綾瀬さんに似合うだろう――。

ぬいぐるみ？　アクセサリ？　それとも、お洒落なアロマとかだろうか。あれこれ考えてから、俺は、いやちがうぞと考え直した。

今回のプレゼントのキーワードは「思い出」なのだ。

つまり17歳のこの年にふたりで（ではなくて学年で、だけど）シンガポールに来たのだということを振り返れることが大事なはず。如何《いか》にもUSS、というお土産品を買ってしまうと、大阪に行ったのかと後で勘違いしそうだ。となると、この国ならではの……。

ふと目についたのは、雑貨屋らしき店に並んでいたマーライオンの小さなキーホルダーだった。いかにもシンガポール土産だけれど、いやでもしかしこれはさすがにアレすぎないか？　中学のとき買ったペナントと変わらないレベルのような。

沈思黙考の末に俺はそれをふたつ、保険代わりに買うことにした。このまま目移りして何も決まらなかったら、そのほうがヤバイ。

会計を済ませ、さてゆっくりと本気のプレゼントを選ぶか、と店を替えようとしたときだ。携帯が震えた。ぎくりとしてポケットから取り出すと、ＬＩＮＥの通知。しかも音声通話の知らせ。

丸《まる》からだ。慌ててタップする。メッセージではないってことはたぶん緊急だ。

「はい。浅村《あさむら》――」

こちらが言い終える前に、丸の声が被《かぶ》る。

『入り口まで戻れるか』

「――できる」

内容を聞く前に俺は店を飛び出て、そのままモールを急ぎ足で歩き出した。

『来てくれ。ちょっと貧血で倒れたのが出た』

「だれ？」

『名前はわからん。ん、なに――』

背後の誰かと話している。

『――牧原《まきはら》だそうだ。隣のクラスの女子グループのひとりでな。なにやら集まって騒いでいるから様子を聞いたら――』

「わかった。詳しい話はあとで。だいじょうぶなの」

『ああ、病院が必要なほどでは――』

そこで通話が切れる。

画面を見ると、接続が切れていた。向こうが移動したからか、俺が移動したからかはわからない。だが用件は充分に伝わった。

モールを覆っている天蓋越しに空を見上げた。

まだ雨季のはずのシンガポール。だが、よりにもよって今日は快晴で、気温はじわりと上がって夏のよう。喉が痛くなるほどの渇きを覚える。

熱中症、あたりか。

俺は足を早めつつ画面を睨《にら》む。けれども、その後は着信はなく。

10分ほどで別れたところまで辿《たど》りつくと、ゲートの向こう側に丸《まる》の大きな体が見えた。背後には女子たちが心配そうな顔をしており、丸の隣で吉田《よしだ》が誰かを背負っていた。おそらく倒れたという女の子だろう。

息を切らせて最後の数メートルを駆けた俺に、気づいた丸が声をかけてきた。

「すまん、浅村《あさむら》」

「気にしないで。で、だいじょうぶなの？」

「ああ。しばらくクーラーの効いた室内で休ませておいた。係員らしきひとも来たんだが、受け答えもできるし、顔色もよくなってきたんでな。それと担任には連絡を入れてある」

後ろの女子たちが一斉に頷《うなず》く。

「倒れた子がもうひとり別のとこで出ちゃったらしくて、辻《つじ》先生、そっちに行っちゃってる……」

話を聞いたところ、牧原《まきはら》さんは普段からあまり体の強い子ではないらしい。だいぶ回復してきたけれど、無理はせずにホテルに戻ることにしたという。

「ごめんなさい……」

弱々しい声で吉田に背負われた彼女が声を出した。

俺は丸の意図を悟って頷いた。

「彼女がホテルに戻るまで付き添えばいいんだね」

「……やっぱり、あたしたちだけで送ってくよ。由香《ゆか》はあたしたちの班なんだし。丸くんたちに迷惑を掛けられない」

女子グループのひとりが言った。

やはり付き添いを誰がするかという問題か。倒れた子に付き添ってホテルまで戻ると、おそらく今日はもう外に出る時間は取れないだろう。かといって頼れる先生もすぐには駆けつけられないし、病人の彼女だけをひとりでホテルまで戻すのもあぶなっかしい。

「浅村にだって予定があるから頼むのは避けたいところなんだが……」

「丸は班長だからね……」

うちの班は今日はみんなUSSだ。何かあったときのために丸は残ったほうがいいだろう。チケットももったいないし。幸い、俺はパークには入ってない。そもそもチケットが無駄になる心配もなければ、お金を使ってないからタクシー代も充分に持ち合わせている。

丸が俺に連絡してきたのもわかる。

「うむ……頼んでいいか？　借りは後で返す」

「気にしないで」

「じゃ、背負ってくのはこのまま俺がやるよ。浅村、荷物もってくれ」

「え？　あ、吉田《よしだ》」

止める間もなく女子を背負っていた吉田は躊躇《ちゅうちょ》せずにゲートを抜けてきてしまった。

慌てたのはむしろ背負われていた女子のほうだ。

「あ、あの。わたし、歩けます……」

「だいじょぶだいじょぶ。鍛えてるから。それにもう出ちゃったし。丸《まる》、ひとりにさせてわるいな」

「構わんが……まあいい。浅村《あさむら》、ほれ、こっちが吉田の荷物だ。それから、彼女の荷物はどれだ？」

背後の女子たちがおずおずと彼女のものらしきボディバッグを渡してくる。

中にはペットボトル飲料が数本と常備薬が入っているという。

彼女たちの中から班長らしき女子がひとり、付き添いに同行することになった。

「疲れたら代わるよ？」

「浅村よりは力あるから平気だって。それよりも通訳頼む！」

「あー」

そうか。英会話。吉田苦手だっけ。俺のほうがまだマシか。班長らしい女子も英会話は苦手そうな雰囲気だった。

タクシー乗り場を探した。ゲートからさほど離れていない場所にあった。さすがは観光名所だ。

シンガポールではタクシーは自動ドアではないという細かい蘊蓄《うんちく》を覚えていたので、後ろのドアを開けてやり、4人で乗り込んだ。車内の冷えた空気が肌を撫《な》でると、ようやくひと息つくことができた。ありがとうと小さな声と吉田の励ます声。

運転手に話しかけ、俺はホテルの住所を告げる。

大きな橋を行きとは反対に辿《たど》って、俺たちはホテルへと急いだ。

彼女はタクシーに乗っていた間、何度も頭を下げていて、吉田は困ったときはお互い様だからさと返していた。

ホテルに到着。連絡を入れておいた丸のおかげで待っていてくれた教師に女子を任せた。

女子たちの滞在しているフロアは男子禁制なのだ。

別れ際、まだやや青い顔をしたまま牧原由香《まきはらゆか》さんと班長の女子はありがとうございますと吉田と俺に頭を下げた。教師と班長に付き添われたまま彼女は部屋へと戻っていく。

「こういうときくらい部屋まで背負わせてくれてもいいじゃねえか」

「そこ、残念そうに言うと下心があるように見えるよ」

「そんなこと。あるけどな」

「あるのかよ……」

「まあ、何事もなくてよかったよな」

笑顔のまま吉田《よしだ》が言って俺は頷《うなず》いた。

「で、浅村《あさむら》はこれからどうする？」

吉田はもう動きたくないからこのまま寝てると言う。タクシーに乗っているとき以外はずっと女の子ひとり背負っていたからな。ご苦労さま。さて、俺はこれからどうするか。

そこではっとなってスマホを取り出した。

まずい。着信がある。それも2件。

綾瀬《あやせ》さんからだった。

【これからパラワンビーチに行きます】

【そこで待ってるね。動くときはまた連絡いれるから】

なんてことだ。何分前だ、これ？

「俺、行かなきゃ」

「へ？」

「ちょっと島へ戻る。後で連絡いれるから。丸《まる》にもそう言っておいて！」

「え？　……おい、浅村！」

背中から聞こえてくる声を振り払って、俺は大急ぎでホテルを出た。

地図アプリを使ってパラワンビーチまで最短で辿《たど》りつく方法を調べる。

徒歩だと2時間10分——論外。

地下鉄、もしくは地下鉄とモノレールの組み合わせ……も、1時間ほどかかりそう。

「これ、タクシーのほうが早いんじゃ……」

調べなおすと、混み具合にもよるものの20分から30分ほどで辿りつけるらしい。

ホテルの前でふたたびタクシーを捕まえた。

セントーサ島のパラワンビーチまでと頼んでみる。浜辺にどこまで近づけるかわからないけれど、たぶんこれがいちばん早い。今日は綾瀬さんに贈る思い出の品を買う予定しかなかったからお金はなんとか残って——あ。

キーホルダーしか買ってない！

歯噛《はが》みしつつ俺はプレゼントを諦める。今からどこかに寄っている暇はないし、何よりも綾瀬さんはもう待っているのだ。

窓の外の風景と携帯とを交互に睨《にら》みつける。

Wi-Fiは……無理か。

綾瀬さんからの着信はパラワンビーチにいるというメッセージ以後は更新されていない。

まだそこにいるのか。

それとも、もう動いてしまったか。

わからないけれど、今はとにかく急ぐしかない。

時間の過ぎるのが早い気がする。車は順調に飛ばしているのに遅い。セントーサ島への長い橋を渡り切るまでこんなに時間が掛かったっけ？

島に入り、ＵＳＳを右手に見ながらタクシーは走る。

運転手に何かを尋ねられた。

聞いた英語をなんとか頭のなかで翻訳。綾瀬《あやせ》さんと英会話の模擬訓練をしていたのがこんなところで役に立つとは思わなかった。たぶん、ビーチのどこまで行けばいいのか、と、そんなことを訊《き》かれた……気がする。

『浜辺が見えるところまでで』

『見えるよ、もう』

へ？

運転手の指さすほうを見る。左右にわずかに蛇行している道の先に青い空が見えていて、地面に接するあたりでその色がわずかに濃くなっている。海だ。

『じゃあ、この道の先。見えてるところまで』

了解したと頷《うなず》かれた。

青い海がすこしずつ大きく見えてくる。

ターミナルになっているところまで来て、そこで降ろされた。料金を端数の切り上げで支払って俺は側道へと立った。そこでもういちどスマホを確かめる。よかった。ぎりぎり

Ｗｉ－Ｆｉが通る。まだ着信はない。

とりあえず状況を説明するために丸《まる》には自分がどこへ向かっているかを伝えておいた。ホテルに戻ったはずの俺がまた島に来ているとは知らないはず。綾瀬さんと会っているとわかるはずもないから、心配をかけてしまうだろう。

駆けだしたい衝動を抑えて現在地の連絡を済ませると、もういちど綾瀬さんからのメッセージも確認する。もう移動していたら、そこまでまた駆けつけないと……。

その瞬間にメッセージが目に飛び込んでくる。

【パラワンビーチの吊《つ》り橋にいます。来てほしいな】

慌てて返事を組み立てた。

【待たせてごめん。いま行く】

そして走り出した。

側道を海へと向かって必死の形相で走る日本の高校生男子、しかも目指す先は同級生の女子のもと、という光景が周りにいる人たちからどう見えるだろうかと考えると水星《すいせい》高校の評判をひとりで下げてしまい申し訳ない気持ちにはなる。

腰のポケットで携帯が震える。走りながら取り出して画面に目を走らせる。

丸からだ。

吉田《よしだ》からの連絡を受け取って送ってきたのだろう。あっさりと一行だけ書いてある。

【恋人がいるやつは皆そうしてるから気にするな。むしろ頼み事をしてすまなかった】

確信してるように「恋人」と言われ、俺は「えっ」となるが、今は丸《まる》に解説を求めている時間はなかった。ポケットに携帯を戻して走りつづけた。

綾瀬《あやせ》さんのメッセージを思い出した。来てほしいな、とあんなに直接的に言われたのは初めてだった。

どんな気持ちで言ったのか考えると、走るのをやめるという選択はなかった。

恋人同士ならみなそうしている。

それがほんとうかどうかはわからないけれど。自分が周りにいい顔をしたいからって、綾瀬さんに寂しい想《おも》いをさせるのは違うだろう。

パラワンビーチへと向かって走りつづけた。

白い砂浜が近づくにつれて人の数が増えてきた。

現地の人らしきキャスターを引いている老人や観光客らしき若い男女を追い越すたびに彼らは振り返る。背中に視線を感じる。けれどもう気にならなかった。すれ違った人々の中に、もしかしたら同級生がいるのかもしれない。駆けつける姿を見られて関係を疑われてもいい、バレてもいい。

沙季《さき》と約束をしているんだ。

いちばん暑い時間はとうに過ぎていたからなんとか走り切ることができた。

砂浜へと辿《たど》りついたとき、太陽は西の海へと落ちようとしていて。

吊り橋……って、どこだ？

浜の左右を見渡すと、右手のほうに小さな島へと向かって延びる細い線が見えた。

海面ぎりぎりを浜辺から小島へ。

右から左へと海上を走る一本の線に見えたけれど、近づくにつれてそれが細い吊り橋だとわかる。橋の中ほどに見慣れた少女の立ち姿があった。

吊り橋の袂《たもと》は木々に覆われており、駆け込むと一瞬だけ橋は見えなくなる。手前の白い砂浜にはまだ幾らか観光客が残っていたけれど、あの小島へと渡ろうとしている人はいない。橋の袂を示す看板の傍《そば》に案内人だけが残っている。いらっしゃい、気をつけて渡ってね、みたいなことを言われた——気がする。ありがとうと返して、その先へ。

俺は吊り橋の袂にようやく辿りつく。

橋の真ん中あたりで落ちていく太陽を見つめていた女子が振り返った。ショートの明るい髪が、向こうの小島の緑を背景にして光を弾《はじ》いた。こちらを見つめてくる。俺と彼女の視線が合う。

駆けだそうとして、踏み出し、渡り板を叩《たた》く力が衝撃となり伸びてゆくのを感じる。怖がるかもしれないと気づいて、それでも早足になってしまう。

タンタンタンとリズミカルに足音を返し、かすかに伝わっていく足下の震動。わずかにだけれど橋は揺れていた。

沙季《さき》の顔が驚きから一瞬の笑顔、そしてふいと視線を落とした。

辿《たど》りつく。

「ごめん……遅くなった……！」

彼女は顔をあげて俺のほうへと向き直る。

「すっごく待ってた」

言いながら、眦《まなじり》を尖《とが》らせて見つめられた。怒ってるな、と、それだけでわかる。目は口ほどに物を言い、だ。翻訳アプリだけでは伝わらないものもあると言っていた奈良坂《ならさか》さんの言葉は正しかった。

あのときも目の前の彼女は言葉以上にその表情で物語っていたっけ。

けれど、その尖らせた視線はあっという間に消え、ふいっと顔を逸《そ》らせた。

「私だけ感情ぶつけるのずるいよね」

「いや、はっきり言ってくれて嬉《うれ》しい」

俺はもう一歩だけ彼女に近づいた。小さな肩が震えているのを見て彼女がどれだけ寂しかったかを感じ取る。

ごめん、と囁《ささや》きながら彼女の肩に手を置くと、ふるふると横に首を振る。

「でも、来てくれたから――」

そう告げてから、彼女のほうも一歩近づいてくる。

両腕が俺の背中へとまわる。

「会えて、嬉しい」

胸元にうずめられて彼女の顔は見えない。俺も両腕を背中を支えるように回して軽く力を込めて抱きしめた。

彼女が顔をあげる。わずか数センチの視線の先にうるんだ瞳を見つける。互いに頷《うなず》き合って、そのあとはもう何も考えてはいなかった。

落ちてゆく太陽の赤い光に彼女の耳のピアスがかすかに光ったこと以外は覚えていない。

寄せ合った唇を重ねて。

俺と沙季は長くそのまま口づけていた。

●2月20日（土曜日）修学旅行4日目（最終日） 浅村悠太《あさむらゆうた》

チャンギ国際空港は朝から雨だった。

今までの快晴のぶんを取り戻すかのように鉛色の空から銀の雫《しずく》が落ちている。

とはいえ、飛行機の離陸に影響を及ぼすほどではないらしく、俺たちは来たときの手順と同じように待合室から移動を開始した。

ゲートを潜《くぐ》り抜《ぬ》けて搭乗する。

座った座席の並びまで来たときと同じなのは偶然だろうけれど、飛行機の窓から眺める空はまったく違っていた。というか、空なんて見えない。降りしきる雨が窓を叩《たた》き、外の風景は水滴越しでよく見えなくなっている。

ぶ厚いガラスの向こうを伝って流れる雫を数え、ぼんやりと背もたれに体重を預けていると、隣から声が聞こえてきた。

「ずいぶんと余裕そうだな」

「いまなら飛行機が落ちて死んでも成仏できそうだからかな」

「嘘《うそ》つけ」

「言い切られたか」

「閻魔《えんま》さまに直談判《じかだんぱん》しても帰ると言い出すほうに賭けてもいい」

「地獄行き前提かぁ」

「吉田《よしだ》が知ったら間違いなくそう言うだろうよ」

言いながら、丸《まる》がちらりと視線を脇に走らせる。

四人並びの座席はこれも行きと同じで窓際から俺、丸、吉田の並びになっている。吉田は隣とずっと先ほどから喋《しゃべ》り続けているが——。

「そう言うけど、彼もずいぶんと楽しそうだよ」

声をひそめて言う。まあ、理由は見当がついてるし。そうしたら案の定、丸も声をひそめて教えてくれた。

「LINEの交換をしたらしいからな」

頑張ったからな。それくらいの役得はあってもいいだろうさ、と付け足した。

「だったら、そこまで言わなくたって」

「あのな。世界一有名なゲームの宿屋の主人の名台詞《めいぜりふ》を言われたいか？」

「なにそれ」

「ゆうべはおたのし——」

「そこまで遅くなかっただろっ」

自分で思うよりも声が大きくなっていたらしい。ひとつ先の吉田たちまでが振り返った。

まったくもって遺憾な想像をされたものだ。そういうの下衆《げす》の勘繰りって言うんだが。

あのあと、綾瀬《あやせ》さんとはゆっくりと海へ落ちていく夕日を黙ったままふたりして見つめて過ごし、それから素直にそのまま帰ってきたというのに……。

というか、丸のこの言い回しからして俺と綾瀬さんの関係って、どう考えてもバレてる。恋人って断言してたし。

にやりと目を細める丸に俺はひとつ咳《せき》ばらいをする。

「で、実際のところどうだったんだ？」

やっぱりそういう話になるよな。

とはいえ周りに他人が山ほどいる機内で声高に宣言するようなことでもない。だから話の中身を周りにわからないように言葉を濁しつつ言う。

「まあ……無事に会えたよ」

「それは知ってる」

あっさり言われて俺も頷《うなず》いたけれど、よく考えてみれば、なんで会えたことを知ってるんだと思わないでもない。パラワンビーチで待ち合わせた相手が綾瀬さんだとは俺はひとことも言っていないわけだ。どこから聞いたんだ。綾瀬さんからのはずはないし。

「なんで知ってるか、聞いてもいい？」

「依頼人の情報はお教えできないことになっております」

「どこの探偵事務所かな」

「ま、うまくいったようで何よりだ。ようやく認める気になったか？」

「まあ……」

帰り道に俺と綾瀬《あやせ》さんは話しあった。綾瀬さんからは自分たちの関係を友人である奈良《なら》坂《さか》さんにはバラしてしまったことを申し訳なさそうに打ち明けられ、俺のほうも、どう考えても丸《まる》にはバレていそうだからお互いさまだよ、と返した。

そして俺たちはもうお互い、不自然に隠すことはやめようという結論に至ったのだった。

俺たちの関係は、敢《あ》えて触れ回るようなことではないかもしれないが、だからといってひた隠しにするのもちがうと思えてきたのだ。

義理の兄妹《きょうだい》であるのに恋人同士でもあるというこの関係が、世間の考える恋人同士からすれば少々風変わりに見えることは間違いない。それでも、俺たちはもう互いに引き返したくないところまで共に歩んできてしまっていた。

橋の上で抱きしめあったとき感じた互いのぬくもりを、ふたりともに大切なものだと感じてしまったのだから。

「物事は収まるところに収まるものだ」

「そんな預言者みたいに言われても。こうなるとは思ってなかったよ？」

「そうか？　まあいい。いまあったまっておいたほうが、ちょうどよく受験のときには落ち着くだろうさ」

だから後押ししたと言わんばかりだ。水星《すいせい》高校野球部正捕手さまの立てたゲームプランにまんまと乗せられたってことだろうか。自覚はまったくないのだが。

「わかってると思うが、ほどほどにしておけよ。4月からは受験生なんだからな」

ほどほどって。いったい何をすると思ってるんだ、俺と綾瀬さんが。

「母親じゃないんだからさ」

「我が親友殿は冷静そうに見えるが、俺に言わせればそれは過去の経験がブレーキを踏ませているだけだからな。調子に乗せないほうがいい」

「はいはい」

「ねぇねぇ、何の話してんの？」

吉田《よしだ》がこっちに振り返って言った。

「浅村《あさむら》が受験勉強に専念する手伝いをしてやったって話だ」

「げっ。もうそんな心配してんの!?」

「吉田……あのな。あとひと月もすればおまえも俺も受験生だからな？」

そう丸が言うと、目に見えてがっくりと吉田はうなだれた。

「考えたくねえよお」

「残念ながら時の流れは止まらん」

預言者から賢者へとジョブチェンジした丸が厳かにそう告げたとき、ぶるりと機体を震わせて雨の中、飛行機が滑走路を走り出した。

流れ落ちる水滴が窓を横へと走りだす。

加速を感じた次の瞬間にはもう機体は空へと駆けあがり、そのあとは真っ黒な雲の中へと突っ込んだ。行きよりも機体の揺れが激しかった。シートベルトオフのサインがなかなか点灯しない。

「せっかく来た異国の地の景色を去り際に覚えておけないのが残念だな」

丸《まる》が残念そうに言って吉田《よしだ》は軽い口調で付け足した。

「また来ればいいんじゃない？」

それを聞いて俺も心の中で同意する。

いつかまたくればいい。

綾瀬《あやせ》さんと一緒に、また。

黒い雲を突き抜けて飛行機は青空へと飛び出した。シートベルトオフのサインが点《とも》る。

眼下にシンガポール島の海岸線が辛《かろ》うじてまだ見えている。

帰りの飛行機の中では眠ることはなく、おかげで俺は念願の機内食をようやく食べることができたのだった。

日本に着いたときにはもう夕方になっていた。

空港で解散になった後、駅で待ち合わせて俺と綾瀬さんは一緒に電車に乗り込む。

車内は夕方だから来たときよりはそこそこ混んでいたけれど折り返しの始発駅だったから座ることができた。

ごとんとひとつ揺れてから発車する。

さすがにお互いにくたくたに疲れ切っている。あくびを連発していてほとんど会話らしき会話にならない。

ふと気づくと俺は肩に重みを感じて目を向ける。

俺の右肩に頭を乗せて綾瀬さんがすやすやと寝息を立てている。うたた寝くらいは見かけたことがあるけれど、こんなに間近で油断した寝顔は初めて見るかもしれない。

ふわりと鼻をくすぐる綾瀬さんの髪の匂い。ああ、まつげが長いな、なんて些細《ささい》なことが気になる。

規則正しい寝息、それに合わせてゆっくりと上下する胸。寄りかかられた体から鼓動の音まで伝わってきそうで知らないうちに心拍数があがる。自分で自分の鼓動が激しくなったことを自覚してしまい、それが綾瀬さんに逆に伝わってしまいそうで心の中で焦る。

そういえば帰省して同じ部屋で寝たときでさえ、布団は離れていたから正面からの寝顔を見たことはなかったのだ。

無防備な寝顔。

いつの間にか縮まったお互いの距離を表しているようで俺は嬉《うれ》しくなる。

――俺に言わせればそれは過去の経験がブレーキを踏ませているだけだからな。

丸《まる》の言葉が脳内に響く。

ブレーキ、か。

俺のほうも彼女のように心を開けているかと言えばどうだろう。もっと彼女に対して心を開いていくべきなんじゃ……。時にはこうして甘えることも大事なのかもしれない。

伝わってくる電車の振動が心地よいリズムで体を揺らしてくる。

委ねてしまえば安らかになれるのだろうけれど。

●2月20日（土曜日）修学旅行4日目（最終日）綾瀬沙季《あやせさき》

あとは帰るだけ。

免税店での最後の買い物を済ませた後、搭乗手続きが始まるまでのわずかな空き時間に、ふと思い立ってYouTubeにアクセスしてみた。

メリッサ・ウーと英語で検索してみるとチャンネルがヒットした。動画には彼女が映っていた。チャンネルの登録者数は837人――いや、838人。いま私が登録したから。

私にはそれが多いのか少ないのかすらわからなかった。私は登録してまで追いかけているアーティストがいるわけではなかったし。

言えることは、動画として掲載されればメリッサの歌を聞きにくる人が、世界に800人はいるということだ。

水星《すいせい》高校三学年ぶんほどもある。

私なんてカラオケに行って数人の前で歌うだけでも緊張するのに。そういえば彼女は大きなレストランのステージの上でも堂々と歌っていたっけ。

掲載されている動画の一覧を眺める。日付を見ると、楽曲を3か月に一度ほどの頻度でアップしている。淡々と同じペースでアップしていて、幾つか聴いてみたけれど、ひとつひとつ丁寧に歌いあげている印象があった。奔放な言動からは想像もできないけれど、音楽に関してはとてもまじめだなと思った。いちばん新しい歌は、時刻を見ると、一昨日《おととい》の遅くにアップされたばかりで、ということは私と別れたあとに実はせっせと作業していたことになる。夜通しアニメを観《み》るとか言ってたのに。

彼女との出会いが心の安全地帯を見つけることの大切さを教えてくれた。心の内側を明かす勢いをくれた。コメント欄に「破裂せずに済みそうです。勇気をくれてありがとう」と英語で入力する。

歌を聴いて残したとも、そうでないとも取れる言い回し。

名前の「saki」で気づいてくれるかな。気づかなくてもいいけど。

「沙季～、そろそろ移動だよ～」

真綾《まあや》の声に私は顔をあげる。

クラスメイトたちの並ぶ列に混じって真綾ったらぴょんぴょんと飛び跳ねながら手を振っている。

苦笑いを浮かべ、でも不思議にあまり恥ずかしいとは思わな――いや、あれはやっぱり恥ずかしいよ。あそこまではできないとしても、私は確かに周りの目を気にしすぎているのかもしれないと思う。

成田《なりた》空港で解散になる。

すぐにLINEで浅村《あさむら》くんと連絡を取り、駅で待ち合わせた。

電車に乗って、私と彼は隣り合わせで座る。

ぽつりぽつりと互いの旅の思い出を取りとめもなく話した。楽しかったこと、ちょっとだけ大変だったこと……。旅の最後の思い出となったパラワンビーチの吊《つ》り橋の上で見た夕日がとても綺麗《きれい》だったこと。

沈みゆく太陽が落ちてゆく先の水平線を照らして鏡のように白く光らせ、青いはずの海は夕暮れの空を映して紫に輝いていた。見つめる海の色が少しずつ褪《あ》せていくのを、私たちは互いの体に手を回したままずっと見つめていた。

彼も私もとても疲れて眠かったから、こういった会話は途切れ途切れになったし、途中から何を話していたのかもわからなくなった。

暖房の効いている車内は温かく、椅子もほかほかしていて、ついウトウトと舟を漕《こ》ぐ。

私の左の肩と彼の右の肩が触れ合っている。そこから相手の熱が伝わってきた。

浅村くんの体温を感じているうちに私は眠気がどうしても堪《こら》えられなくなって……体を揺すられて目を覚ました。

「降りるよ」

「あ、ごめん」

慌てていたからトランクに引っかかって転びそうになる。浅村くんに支えてもらわなかったら扉の前で転がっていたかもしれない。

重いトランクを引きずりながら私は顔を赤くしていた。なんという失態。しかも、彼の肩に寄りかかって降りる直前まで寝てしまうとは。

渋谷《しぶや》駅の改札を出たときにはもう空は暗くなっていた。

土曜日の駅前は人で溢《あふ》れている。これから夜通し遊ぶ人も多いのだろう。人混みを避けつつ私と浅村くんは見慣れた道を住み慣れた家に向かって歩いた。

歩いている間、電車の中で無防備に寝てしまったことを思い出して、私はとても恥ずかしくてたまらなくなる。変な汗が出てしまう。

乗り換え駅で起こされたときに、絶対、寝顔を見られた。しかも目覚めたら、口の端によだれのようなものがついてた気がする。浅村くんにそこまでまじまじと見られていたとは思わないけれど、こんなに油断した姿を見せてしまったなんて。

もう顔を合わせられない。

……まあ、同じ家に帰るんだから、そんなこと不可能なんだけど。

背の高いマンションが見えてきて息をつく。

「帰ってきたね」

「おつかれさま。疲れたけど、楽しかったね」

「そうだね」

浅村《あさむら》くんと顔を合わせ、微笑《ほほえ》み合う。

ほんとに帰ってきたんだ。私たちの生活がある場所へ。

ふたり揃《そろ》って、自宅のドアをくぐる。

太一《たいち》お義父《とう》さんは休日で、お母さんは出勤前だったから、ふたり揃って出迎えてくれる。

お帰りとお疲れ様と。

私たちはただいまを。

浅村くんと私は3日前に家を出たときよりも、より近く。寄り添うくらいの近さで並んで立っていたけれど、もうその距離をわざと離すようなことはしなかった。

私たちは決めたのだ。

自然でいようと。

「ただいま。お母さん。お父さん」

私たちふたりはまっすぐに声を揃えて言った。

ふたりの引きずるトランクについたマーライオンのキーホルダーが、同じリズムで揺れている。

“兄妹”であり “恋人”でもある二人が

自分たちの関係を受け入れてくれるコミュニティを大切にする――
そんな新たな価値観を知った悠太と沙季。
順風満帆かに思えた二人の関係だが、
春休みを過ぎ、三年生になった二人には
また大きな変化が訪れる。

理想の距離を模索する

一年かけてゆっくりと距離を近づけてきた二人は、
近づきすぎてしまった
自分たちの関係を見つめ直すために
「すり合わせ」をする――。

クラス替え、同じ教室での生活、
受験と将来設計、
家族になって一周年の記念日。

恋愛生活小説 第8弾。

『義妹生活』第8巻 2023年春発売予定。

※2022年12月時点の情報です。

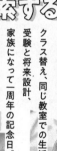

MF文庫J

義妹生活 7

2022 年 12 月 25 日　初版発行
2023 年 5 月 10 日　3 版発行

著者　三河ごーすと

発行者　山下直久

発行　株式会社 KADOKAWA
〒 102-8177 東京都千代田区富士見 2-13-3
0570-002-301（ナビダイヤル）

印刷　株式会社 KADOKAWA

製本　株式会社 KADOKAWA

Printed in Japan　ISBN 978-4-04-682033-4 C0193

【 ファンレター、作品のご感想をお待ちしています 】
〒102-0071 東京都千代田区富士見2-13-12
株式会社KADOKAWA　MF文庫J編集部気付「三河ごーすと先生」係「Hiten先生」係